J. L. B.

CITOYEN

DE

MARSEILLE,

A SON AMI,

Sur l'atrocité des Paradoxes du Contemptible J. J. ROUSSEAU.

Hinc procul, hinc error, Lectores, noscite verum.

M. D C C. L X.

PRE'FACE.

LE motif qui me fait écrire n'eſt pas celui de contrarier par partie de plaiſir : cette ſoif mépriſable ne m'a point guidé: je me ſuis conſulté avant d'entrer dans cette carrière dangéreuſe où tant d'autres ont échoué . . . .

J'en vois plus d'un étendu ſur l'arène.

ce n'eſt pas non plus pour exciter l'indulgence du Public que je mets une Préface à la tête de cet Ouvrage: non, je n'ignore pas que j'en aurais beſoin : jeune encore, c'eſt le premier que j'ai oſé livrer à l'Imprimeur; que de raiſons ! elles prouvent combien elle m'eſt néceſſaire: (ſi ce n'était une baſſeſſe de l'exiger) mais prévenu qu'un Pilote n'acquiert l'expérience qu'à force d'orages, je me laiſſe aller à l'attrait de mon penchant.

Si cette Brochure est bien traitée, le Public judicieux à qui seul je cherche à plaire, & dont je chéris les suffrages, ne me ravira pas le légitime salaire que mes travaux méritent : s'il la trouve faible, je le conjure de m'honorer de ses conseils. Je fais trop de cas de ses leçons pour n'en pas profiter. Oui, Lecteur, daigne exécuter ce que j'exige de ta complaisance, ne sois avare de tes lumières que pour ceux dont la présomption est le partage. C'est cet espoir qui me fait te présenter cette Brochure. J'aurais cru manquer à ce que je me dois, & aux personnes respectables de mon état, si je fusse resté muet aux imputations fausses de JEAN-JACQUES ROUSSEAU. Révolté de son audace, mon ame s'est éveillée pour repousser l'imposture ; je n'ai répondu qu'à une partie de ses raisonnemens paralogiques. Si je l'eusse suivi pied à pied, c'eût été m'engager dans des longueurs inutiles. Je n'ai travaillé que sur le

plan qui regarde les Spectacles, une
partie de fa Brochure étant coupée
de differtations étrangères à fon fujet
& nullement faites pour le mien.
Détracteur implacable, il voudrait
diffamer le Théâtre, afile de la
vérité opprimée, temple où la fageffe antique paraît dans toute fa
fplendeur. Noms immortels que la
poftérité révère, que les *Corneille*,
les *Racine*, les *Voltaire* ont fait
revivre fur la Scène, animez mon
ame échauffée d'un zèle refpectueux
pour vos vertus ? fecondez mes
efforts pour repouffer cet infâme
Zoïle. Enfans chéris des neuf Sœurs,
il eft encore fur la terre un Pithon
éclos de la fange ; fage moteur de
tant de merveilles, dont le féjour
impénétrable n'eft ouvert qu'aux
humains vertueux, lance du haut
de l'Olimpe tes carreaux brûlans fur
cette tête audacieufe.

Mais en le foudroyant ce ferait t'avilir;
Laiffe aux Filles d'Enfer le foin de le punir.
Qui périt par tes coups périt moins miférable,
Ils honorent celui que ta vengeance accable.

PRE'FACE.

Il manquait à JEAN-JACQUES ROUSSEAU pour le compléter, & le rendre tout à fait joli homme, de jouër l'hypocrisie, art dangéreux, inséparable des imposteurs. Pour se rendre le Public favorable, il affecte des sentimens religieux, grossière amorce des lâches, heureusement trop usitée pour faire des dupes. Pour moi la nature, seul organe que je consulte, & que je fais vanité de croire, crie au fond de mon ame que le mépris est le partage de ses pareils. Dussai-je me faire des ennemis de ses partisans, s'il est possible qu'il en ait, n'importe.

" Juste ou faux, mal ou bien, je pense à
    découvert.
" . . . . .
" La fausseté toujours fut un vice inutile
" Dont la premiere dupe est celle qui
    s'en sert. (a)

Je le ferais fans contredit, si j'avais gardé le silence : j'aime mieux être accusé de trop de zèle, que soupçonné d'ame timide.

(a) L'Impertinent, Pièce de Mr. Desmahis, Scène III.

PRÉFACE.

On verra dans le cours de cet Ouvrage que l'envie des succès d'autrui n'est pas l'éguillon qui m'a guidé : si ma fortune était moins bornée, la preuve serait aisé à donner : mon bien serait celui des enfans des arts; au surplus, j'ai pour garands ceux qui me connaissent : souvent avili par des gens méprisables , c'est l'ordinaire , en état de leur faire payer cher leurs infâmes menées , j'en ai dédaigné les moyens, on le sait. . , un mot m'eut mis à même d'en avoir satisfaction,

Mais me venger est au-dessous de moi.

je laisse ce soin au tems. Presque tous ceux qui m'ont fait du mal , en ont été les victimes. J'en ai gémi : & lorsque j'apprenais leur infortune, le mépris que mon ame avait conservé pour eux , se changeait aussi-tôt en attendrissement.

" Il suffit qu'on soit homme, & qu'on soit malheureux.

Voilà ma façon de penſer ; elle ne
ſera pas du goût de tout le monde ;
on poura ſoupçonner trop d'orgueil
dans l'aveu que j'en fais , mais je répondrai que je ne la détaille pas pour
en être loué : tant d'autres ont pris
ce tour, que j'aurais mauvaiſe grace
de m'en ſervir ; ce n'eſt point là mon
caractère : non, Meſſieurs, & vous
pouvez m'en croire. Une Dame reſpectable , dont l'amitié m'honore ,
me fit voir la Brochure du Genevois ;
elle parut deſirer que quelqu'un ré-
pondît à tant d'impertinences ; je
m'offris , & dans l'inſtant je m'armai
de la plume ; heureux ſi ma prompte
obéiſſance m'obtient à jamais ſon
eſtime.

J. J. L. B.
CITOYEN
DE MARSEILLE,
A SON AMI,

Sur l'atrocité des Paradoxes du Contemptible J. J. Rousseau.

JE viens de lire, mon cher ami, une Brochure intitulée „ Jean- „ Jacques Rousseau, Citoyen „ de Genève, à Monsieur d'Alembert, de „ l'Académie française &c. &c. sur son ar- „ ticle Genève, dans le septième Volume „ de l'Encyclopédie, & particulièrement „ sur le projet d'établir un Théâtre de Co- médie en cette Ville. "

J'aurais sans doute été révolté, si cet écrit calomnieux fût sorti d'une plume telle

A

qu'eſt celle de notre Homère moderne. (*a*) mais l'auteur eſt ſi mépriſable , tant par la façon de penſer , que par les mœurs qu'il affecte, que je n'en ai fait que rire : en effet , peut-on s'offenſer d'un écrit rempli de fiel & de paſſion ? au contraire , il fait le panégyrique du ſujet qu'il a cru dégrader : s'il en eût fait l'éloge, le corps des honnêtes gens qui compoſent le Spectacle, auroit dû s'en offenſer ; c'eſt la manière de préconiſer de Jean - Jacques Rouſſeau. Auſſi voilà le motif qui m'a fait prendre la plume pour en avertir mes Camarades qui pourraient prendre le change, & le traiter à la première vue comme il le mériterait.

Le mépris dans cette circonſtance eſt le parti le plus ſage. Qu'attendre d'un fanatique ſingulier qui ſe plaît à hipercritiquer l'Univers entier, & qui ſouvent pouſſe l'extravagance au point de ne pas être de ſon avis? pour moi, je l'ai toujours regardé comme un dogue à l'attache, inſultant aux paſſans , qui , d'un œil de pitié, regardent les vains efforts qu'il fait pour rompre ſa

(*a*) Voltaire.

chaîne. Plus je cherche à pénétrer les raifons qui l'ont fait écrire , moins je puis les
trouver. Je ne lui découvre d'autre but que
celui de fe fingularifer , comme chacune
de fes actions le prouve : en un mot , plus
j'examine le nombre des travers qui le
diftinguent des autres hommes , plus je
vois qu'il était inutile qu'il groffît fon catalogue par ce dernier , la lifte étant affez
confidérable pour lui procurer fans rappel
le titre d'original qu'il s'eft acquis depuis
fi longtemps. Ce n'eft point l'envie qui
me met la plume à la main ; c'eft elle qui
infpire Jean - Jacques Rouffeau & fes pareils ; c'eft elle qui lui fait employer les
armes des fophifmes les plus dangéreux ,
& les paradoxes les plus extravagans , pour
combattre les opinions reçues , & faire
approuver celles que l'on eft convenu de
rejetter. Serpens odieux , ils dévorent le
fuc des fleurs pour compofer les poifons
les plus fubtils. Pour moi la Vérité , cette
chafte Fille du Ciel , fiège dans mon fein;
elle fait mes délices , & je fens une joie

voluptueufe à fuivre fes douces impreffions.

Le motif qui me fait écrire , doit , je crois , m'attirer les fuffrages de ceux qui ne me connaiffent pas. Il leur prouve la pureté de mon ame , & la droiture de mes fentimens . . . mais cher ami , que dis-je ? il eft un garant plus flatteur , & dont mon cœur fait gloire de s'énorgueillir . . . tu m'eftimes . . . . qu'ai - je à fouhaiter de plus . . . ton amitié fera ma renommée.

J'entre en matière , & ne te citerai qu'une partie des impertinences dont la Brochure du Génevois abonde.

,, Il eft vrai , (dit-il , page 75.) que nos ,, Auteurs modernes, guidés par de meil- ,, leures intentions , font des Pièces plus ,, épurées : mais auffi qu'arrive - t - il ? ,, qu'elles n'ont plus de vrai comique , & ,, ne produifent aucun effet ; elles inftrui- ,, fent beaucoup , fi l'on veut , mais elles ,, ennuient encore davantage : autant aller ,, au fermon. "

N'admire-tu pas cette pointe élégante , fine , inefpérée? que d'efprit ! ce paradoxe

eſt aſſommant, je lui fais grace encore
dans l'épithète ; paralogiſme eſt le terme
ſans contredit, la preuve en eſt aiſée. Il
eſt phyſiquement vrai que le bon ne porte
l'ennui que dans le ſein des ſots. L'homme
d'eſprit en fait ſa nouriture la plus chère. Les
vertus ſont faites pour les vertueux. L'au-
tomate vit d'une mauvaiſe plaiſanterie,
obſcène ainſi que le vicieux & l'applaudit ;
le ſpectateur éclairé en gémit, & hauſſe
les épaules d'indignation, il n'eſt affecté
que des ſentimens vertueux. Aurais-tu
jamais cru que, parce que nos Pièces ſont
ſans comique, mais parfaitement épurées,
elles doivent ennuyer, & qu'il vaut autant
aller au Sermon : ſolution pieuſe ! elle eſt
digne de ſortir de la bouche d'un Sectateur
de Spinoſa.

J'aurai l'avantage de lui répondre à cet
égard que nos Auteurs modernes, (*a*)

_____

(*a*) La Tragédie & la Comédie même ne ſont
ſorties du cahos où elles étaient, que par la
morale. Philoſophie applicable par M. Ter-
raſſon p. 174, ſect. 3me. Les bons Poètes ont
ſenti de bonne heure qu'il fallait donner des

guidés par de meilleures intentions, ne fuivent en cela que le but des Inftituteurs des Spectacles : fi la licence en a exilé la pureté, c'eft le fort des meilleures chofes : mille exemples le prouvent. Je ne puis lui citer qu'Horace pour le confondre, que nos auteurs doivent avoir toujours devant les yeux : „ que dans les actes (dit ce „ grand homme, Art Poétique,) le cœur „ joue le rolle d'un Acteur, & faffe les „ fonctions d'un feul perfonnage, & que „ dans les intermèdes il ne chante rien qui „ ne convienne au fujet, & qui ne lui foit „ naturellement lié ; qu'il protège tou- „ jours les gens de bien ; qu'il foûtienne „ les intérêts de fes amis ; qu'il tâche „ d'appaifer ceux qui font irrités ; qu'il „ aime ceux qui ont en horreur le cri- „ me ; qu'il vante les mets d'une table „ où règne la fobriété; qu'il loue la juftice „ fi falutaire aux hommes ; qu'il chante

mœurs aux perfonnages. C'eft ce qui a commencé les Pièces de Caractère, *même fect.* *p.* 175.

,, la tranquillité & la fûreté qui accom-
,, pagnent toujours la paix ; qu'il garde
,, inviolablement les fecrets qu'on lui a
,, confiés , & qu'il prie les Dieux que la
,, fortune abandonne les méchans, & re-
,, vienne remplir les defirs des juftes. ''

Cet avis falutaire doit fervir de guide à
tout Poète ; il prouve en même tems que
la Comédie fut inftituée pour faire aimer
les Vertus.

Si nos Auteurs fuivent & rempliffent cet
objet , le Théâtre fera comme dans fa
naiffance , l'afile des plaifirs purs, faits
pour le galant homme , inftruit & récréé.

,, La flûte (pourfuit Horace), dont
,, on fe fervait anciennement dans nos
,, Chœurs , n'était ni ornée de léton
,, comme celle d'aujourd'hui , ni rivale
,, de la trompette; elle était petite & fim-
,, ple , & avait peu de trous. En cet état,
,, elle pouvait facilement accompagner
,, les Chœurs de nos Tragédies , & elle
,, avait affez de fon pour remplir , fans
,, peine , un Théâtre qui n'était pas trop

,, grand , & où on n'allait pas en foule ;
,, car le peuple était encore alors peu
,, nombreux , fage , pieux , & plein de
,, pudeur. Mais fitôt que ce même peuple
,, commença à s'aggrandir par fes victoi-
,, res qu'il fe vit obligé d'étendre l'enceinte
,, de fes murs , & qu'il fe donna impuné-
,, ment la liberté de paſſer les jours de
,, fête à boire & à fe divertir , la licence
,, s'empara des Vers & de la Mufique ; car
,, que pouvait - on attendre d'un Villa-
,, geois ignorant qui n'avoit plus rien à
,, faire , & qui fe trouvait mêlé avec le
,, citoyen ? & que pouvaient la brutalité
,, & la groffièreté que corrompre l'hon-
,, nêteté & la politeſſe ? c'eſt ainfi que le
,, Joueur de flûte ajoûta les mouvemens
,, & la lafcivité à fon Art , qui était aupa-
,, ravant chaſte & févère. ‟

Le Théâtre , dans fa naiſſance , n'était
donc point fouillé par des chanfons lafci-
ves , ni par des vers licencieux , puifqu'il
fervait de délaſſement aux perfonnes fages ,
pieufes , & pleines de pudeur : le nombre
des

des victoires fut la caufe de fa corruption.

„ Le même Poète (dit Horace) vit
„ bien qu'il falloit retenir par quelque
„ charme extraordinaire & par quelque
„ agréable nouveauté , un Spectateur qui
„ venait d'offrir des facrifices , qui avait
„ bu , & qui était en état de fe porter aux
„ excès les plus condamnables. «

Le déréglement du peuple au jour des
fêtes , fut la première caufe. L'envie de
mériter les applaudiffemens d'une foule de
débauchés , l'emporta fur la vertu , & l'a
banni des Pièces. Le Poète prit cette route
dangéreufe pour accroître fa faveur, & cette
complaifance criminelle jetta la Comédie
dans l'aviliffement. Mais fon inftitution
eft toujours pure. Pourquoi perfiffler nos
Auteurs modernes qui cherchent à la rendre ainfi qu'à fa première aurore, chafte &
févère ? fi leurs Pièces inftruifent , elles
rempliffent le vrai but : elles font bonnes,
mais elles ennuient davantage , (raifonnement qui m'échigne) autant aller au
Sermon : mauvaife épigramme, mal adroi-

B

tement lancée contre nos Prédicateurs.

J'aime ce qu'il dit d'un valet sur la scène, qui cherche adroitement à duper le père de son maître pour lui arracher de l'argent.

„ Qui de nous (*p.* 74) ne s'intéresse
„ pas à ce filou, & ne serait fâché s'il ve-
„ nait à manquer son coup ? qui de nous
„ ne devient pas pour un moment filou en
„ s'intéressant pour lui ? car (poursuit-il)
„ s'intéresser pour quelqu'un, qu'est-ce
„ autre chose que se mettre à sa place ? „

Tu ne te serais pas attendu à ce subter-fuge : tu n'aurais jamais cru que s'intéres-ser à un malheureux qui va recevoir le salaire dû à ses crimes sur un échaffaut, se délivre de ses gardes, perce la foule, & trouve le moyen, par une fuite précipitée, de tromper ceux qui le poursuivent, soit se mettre à sa place, quand même j'aurais servi à lui faire un passage à travers la po-pulace ; ce sentiment est chez tous les hommes pensans, hors chez des barbares, comme Jean-Jacques Rousseau ; être l'ins-trument innocent de son évasion, n'est

point s'affocier à fes forfaits; l'humanité
en eft garant, quoiqu'ennemie des voleurs
& des affaffins. „ Un peuple (dit-il) volup_
„ tueux veut de la mufique & des danfes; "
il veut parler des Français; fon Devin de
Village eft la preuve qu'il connait l'efprit
& le goût de la nation; il a donc contribué
lui-même à corrompre nos mœurs. Com_
bien ne doit-il pas fentir de remords „ s'il
était fait pour les connaître ?

Les Spectacles ont-ils corrompu nos
mœurs ? La bravoure & l'amour de la
gloire ne font - elles pas les premières
vertus des Sujets de Louis ? N'eft - ce pas
chez nous que, de tems immémorial
fleuriffent les beaux Arts dont la France
eft la patrie ? N'a-t-on pas depuis peu attaché des prix, des récompenfes aux Pièces de Théâtre pour encourager. Si les
Spectacles n'étaient pas utiles, qui le fau-
rait mieux que nous autres , idolâtres
comme nous fommes du vrai beau ? Si la
Comédie eut été de tout tems épurée,
comme elle l'eft depuis Louis le Grand,

de glorieufe mémoire, cet Art eût été, fans doute, le premier. N'eſt-il pas les délices des Grands de notre fiècle, & des perſonnes d'eſprit ? Et que m'importe à moi qu'une vile canaille, qui n'a pour vertu que d'abſurdes préjugés, dédaigne un Art dont elle ne peut connaître les beautés : un Roquet qui m'aboie, eſt-il fait pour fixer mon attention ? Ce qu'il y a de fin-gulier, c'eſt qu'il ait bien voulu jadis tra-vailler pour un Théâtre plus récréatif qu'utile, (a) & de le voir aujourd'hui par eſprit de contradiction fulminer en Ariſ-tarque inſpiré contre le plus inſtructif, abſolument néceſſaire pour entretenir les bonnes mœurs, & délaſſer de ſes travaux un Spectateur laborieux. Il continue ainſi : „ Un peuple badin veut de la plaiſanterie „ & du ridicule (*trahit ſua quemque volup-* „ *tas*) il faut pour leur plaire des Specta- „ cles qui favoriſent leur penchant, au „ lieu qu'il en faudrait qui les modéraſſent. Notre homme ſe combat de ſes propres

(a) L'Opéra.

armes. Les Spectacles font donc utiles.
Nos Auteurs ne font donc pas reprocha-
bles de ne nous donner que des Pièces
dépourvues de comique, mais parfaite-
tement épurées, feul moyen de réprimer
le penchant d'un peuple badin, plus amateur d'un Spectacle qui favorife fon humeur folâtre, qu'une Pièce pleine de morale, où par des traits frappans, l'Auteur
découvre fes ridicules, & le force à s'en
corriger. Le Théâtre eft donc l'école de
la Vertu ? que veut-il donc ? . . . contrarier, & n'être de l'avis de perfonne.

„ Le Théâtre dirigé (*pag.* 26) comme
„ il peut & doit l'être, rend la Vertu
„ aimable, & le vice odieux. Quoi donc?
„ avant qu'il y eut des Comédiens, n'ai-
„ mait-on pas les gens de bien ? ne haïf-
„ fait-on point les méchans ? & ces fen-
„ timens font - ils plus faibles dans les
„ lieux dépourvus de Spectacles? le Théâ-
„ tre rend la Vertu aimable . . . il opère
„ un grand prodige de faire ce que la
„ nature & la raifon font avant lui. „

Les Sermons ne font-ils pas faits pour
infpirer l'amour de la Vertu & la haine
du vice ? Avant que l'on fit des Sermons,
ne haïffait-on pas les méchans, & n'ac-
cueillait - on pas les vertueux ? Avait-on
befoin de Prédicateur ? Ce fentiment n'é-
tait - il pas dans le cœur de tout galant
homme ? Je ne dirai pas, comme notre
Allobroge, qu'un Prédicateur opère un
grand prodige de faire ce que la raifon &
la nature ont fait avant lui. La différence
que je fais du Prédicateur au Comédien,
c'eft qu'il n'eft que récitateur des vices &
des vertus , & que le dernier rend l'un &
l'autre en action. Le premier meut feul la
machine à la vérité , mais l'infidèle Joram,
l'impie Ochozias , ne fervent-ils pas d'om-
bre au fage Abraham , au pieux Joad ?
&c. &c.

Polyeucte ne vaut-il pas tous les Sermons du monde ? l'invocation de Samfon
à l'Eternel , fes regrets fur fa faute , (a)

_____

(a) Ces deux vers admirables à fon Père, lorfque les Philiftins vont le conduire au Temple de Dagon ; il lui dit :

ne font-ils pas des chefs-d'œuvre de piété‽ les Machabées , Abfalon . (a) Athalie , Efther , &c. . . . la mort de Gufman dans Alzire , n'arrache-t-elle pas des larmes fincères ? qui peut, fans être attendri, voir le fecond Acte de Zaïre ! ce n'eft point , comme Jean - Jacques Roufleau le dit (p. 30) une émotion paffagère.

Si réellement nous aimons la Vertu , une morale auffi frappante reftera gravée éternellement dans notre mémoire ; mais tout vicieux obftiné à l'être toujours , n'a que faire de venir au Spectacle : il n'en fera jamais fatisfait , parce qu'il ne voudra pas l'être. La certitude des fupplices n'é- pouvante point les brigands & les meur- triers. Ils femblent au contraire fervir

---

,, Ne me retirez pas votre amour paternel ,
,, On eft affez puni quand on eft criminel.
(a)   Cette Pièce fut jouée à Verfailles en l'Hô-
tel de Conti , pendant le Carnaval de l'année 1702. La Ducheffe de Bourgogne y
excella dans le rolle de Thamar, & Monfieur
le Duc d'Orléans dans celui de David. Les
Dames & Seigneurs de la Cour y repré-
fentèrent les autres rolles. Cette Pièce mérita
à l'Auteur une Penfion du Roi , de mille liv.

d'éguillon à leurs infâmes desseins ; leur zèle en redouble ; on les voit courir à de nouveaux crimes avec plus de célérité.

„ La Comédie n'a jamais produit le 55 moindre acte d'humanité. ‟

Je ferais curieux de favoir fi les Sermons en ont fait faire beaucoup ; c'eft ce dont (fans donner dans le Scepticifme) on me permettra de douter très-fort. Mais enfin, en préfuppofant qu'il foit poffible que la chofe foit réelle, la préfomption & l'orgueil d'être cité comme exemple, eft l'attrait féduifant qui l'a produit.

Combien d'aumônes faites par oftentation ? combien de Prélats n'ont - ils pas abufé des largeffes des Fidèles.

La différence de nous à cet égard, c'eft que pour l'ordinaire un Prédicateur prêche l'aumône, excite l'Affemblée à foulager les malheureux ; mais il fe garderait bien de fe priver du fuperflu pour rendre leur mifère plus fupportable ; non , fouvent il fe met du nombre des pauvres , & les fruftre de la moitié des charités dont il eft l'Adminiftrateur.

l'Adminiſtrateur. Une conduite pareille n'annonce pas une conſcience bien épurée, mais à cela près qu'importe.

,, On peut avec le Ciel prendre un arrangement,
,, Et ces Meſſieúrs ont l'art de lever les ſcrupules.

Ce qu'il y a de bien conſtant, c'eſt que s'il ſoulage ces malheureux, c'eſt de la ſueur des autres, mais le Comédien les nourrit de la ſienne ; qui des deux eſt plus méritoire? Je n'ai que faire de citer des exemples: tout le monde ſait que l'Opéra , année commune, donne 55000 liv. aux Pauvres ; il en eſt de même des autres Spectacles. L'humanité chez nous eſt la première Vertu. (*a*)

,, Le Tyran de Phère pleuroit ſur les
,, malheurs d'Andromaque & de Priam ,
,, & ſe cachoit de peur qu'on ne vit ſes

_____

(*a*) Perſonne n'ignore le trait de l'illuſtre le Couvreur, Comédienne célèbre : apprenant que l'Alcide de Fontenoy était privé d'argent en Curlande, elle mit dans l'inſtant ſa vaiſſelle & ſes bijoux en gage, par le ſeul motif d'obliger. On aurait ignoré ce trait , ſans le Maréchal qui ſe fit un honneur de divulguer cet acte de généroſité, appanage des grandes ames.

C

„ larmes , tandis qu'il écoutaît fans émo-
„ tion les cris de tant d'infortunés qu'on
„ égorgeait par fes ordres. "

Mauvaife preuve : je connais des gens
de toutes fortes.de religions , qui font fans
ceffe aux pieds des Sanctuaires , ou dans
des Temples, être les complices des crimes
les plus atroces : (a) eft-ce la faute de la
religion ? Ces exemples font vifibles , ils
vous infpirent la vénération , le refpect ;

(a) N'a-t-on pas vu un Charles-Quint, après
le faccagement de Rome , exécuté par fes ordres , faire des proceffions , des prières pu-
bliques dans fes Etats , pour la délivrance de
Clément VII qu'il retenait captif. Il lui fait
offrir fous main de lui rendre fa liberté, moyennant quatre cent mille ducats ; Clément en
paie cent mille & s'évade avant de payer les
trois cent mille reftans. Peut-on jouer ainfi la
Divinité ? Un Ferdinand le Catholique ,
Monarque perfide , dont la religion affectée
n'a pu dérober à la poftérité la noirceur & la
barbarie. Un Jacques Clément , un Balthazar
Gérard , le premier meurtrier d'Henri III ,
le fecond, de Guillaume le Taciturne , Prince
d'Orange. Perfonne n'ignore que l'un &
l'autre fortaient de recevoir leur Dieu aux
pieds des Autels , lorfqu'ils portèrent leurs
mains parricides fur ces Princes , hélas ! . . .
dignes tous deux d'un fort différent.

Ils vous attendriffent, les larmes même viennent à leur fecours : ce n'eft pourtant que grimaces. Plus d'un Citoyen eft la dupe de leur hypocrifie. Le moyen de ne pas croire les élans de ces hommes fincères, l'abondance les couvre de fes aîles.

Je l'admire dans la critique qu'il fait du Mifantrope, chef – d'œuvre de Molière, (c'eft une juftice que je fu.s obligé de lui rendre) perfonne ne le peut mieux que lui; il puife dans fon fein les raifons qu'il avance pour convaincre.

„ Tout véritable Mifantrope (dit-il) „ eft un monftre, s'il pouvait exifter, il „ ne ferait pas rire, il ne ferait qu'hor-„ reur. "

C'eft une vérité inconteftable, je le crois aifément, Molière s'eft trompé, mais je ne prends point le change, c'eft de lui qu'il parle, il eft ce monftre „ des „ Spectacles & des mœurs (dit notre Cri-„ tique forcené) voilà qui formerait un „ Spectacle à voir, d'autant plus que ce „ ferait la première fois. "

Perfifflage pitoyable & digne de l'Auteur, comme s'il n'était pas des Comédiens honnêtes gens : lui - même avoue
avoir été étroitement uni avec un.

Romagnezi, fon Epoufe, Silvia, ne font-
ils pas des preuves combien le Génevois
fe trompe ? Sarrazin, la Noue, Riccoboni
& tant d'autres dont les noms ne font ignorés que de lui, prouvent & démafquent
tant d'impoftures.

Je puis lui citer Agathe Sticotti, Epoufe de Labédoyere, connue par fes Vertus
& par fes infortunes. Ifabelle Andréini,
Comédienne célèbre, native de Padoue,
la plus belle, la plus fpirituelle, la plus
vertueufe Femme de fon fiècle, aggrégée
à l'Académie des Intentis de Padoue, dont
les vers font eftimés. Madame d'Erval dont
j'ai fort connu le Mari à notre Cour, auffi
honnête homme que fa Femme était fage,
& d'une grande beauté, alluma dans le
fein d'Augufte, Electeur de Saxe, l'amour
le plus ardent, lui à qui nulle Femme n'a-
vait réfifté jufqu'alors, échoua auprès de

cette Comédienne vertueufe ; cette réfif-
tance lui valut l'eftime de ce Prince galant
qui voulait la combler de biens. Elle mourut fans avoir profité de fes dons , préfé-
rant la Vertu à l'aifance achetée aux dépens de la pudeur. Je tiens ce dernier fait
de la bouche de vingt perfonnes , toutes
dignes de foi , & des larmes que fon Mari
donne chaque jour à fa mémoire.

L'antiquité m'offre la fameufe Théodora,
Actrice célèbre , Femme de Juftinien premier. Elle était Fille d'un Directeur des
Spectacles de Conftantinople ; Juftinien
était éperduement amoureux de cette Comédienne & l'époufa. Parvenu à l'Empire,
Hypatius , Pompeïus & Probus , Neveux
de l'Empereur Anaftafe , excitèrent contre
lui une grande fédition. Il aurait fuccombé
fans les fages confeils de Théodora , & la
prudence de Bélizaire & de Mundus ; elle
rétablit l'Empire Romain dans fa première
fplendeur. Mais comme il n'eft rien que
l'on n'empoifonne, je fuis bien aife de citer
ce qu'en dit Marc-Mic Bouquet , Auteur

de la Caufe de la Grandeur des Romains & de leur Décadence, Chapitre 20 , p. 250 , imp. à Lauzanne 1750. ,, Juftinien ,, avait pris fur le Théâtre une Femme qui ,, s'y était longtemps proftituée; elle gou- ,, verna avec un empire qui n'a point ,, d'exemple dans les Hiftoires ; & mettant ,, fans ceffe dans les affaires les paffions & ,, les fantaifies de fon fexe , elle corrompit ,, les victoires & les fuccès les plus heu- ,, reux. " Je n'ai point vu ce trait dans les Hiftoriens; Procope en touche quelque chofe à la vérité , mais l'Impératrice l'ac- cabla de bienfaits ; on ne doit pas s'étonner s'il en dit du mal. (a) au furplus tout ce qu'elle fit dans fon règne , prouve bien la grandeur de fon ame , & le peu de validité des calomnies d'ennemis méprifables que le mérite naturellement fait naître , les loix févères qui fe publièrent contre les

---

(a) Il n'eft pas jufqu'à Vigile , qui après avoir reçu la Couronne Papale des mains de cette Impératrice , l'excommunia enfuite pour l'en remercier, non pas par zèle au moins , mais parce qu'il lui avait obligation.

Hérétiques, l'ardeur à relever les Temples,
& le titre de Protecteur de l'Eglise que
l'Empereur prit , ne lui fait qu'honneur.
Eſt-ce pour avoir fait punir de mort des ſédi-
tieux, ſalaire des aſſaſſins, que l'Impératrice
doit être blamée ? Les Perſes vaincus , les
Vandales exterminés, l'Afrique recon-
quiſe , les Maures défaits , les Goths d'Italie ſubjugués , l'empire au comble de ſa
gloire. . . . . tant de ſuccès prouvent - ils
qu'elle n'écoutait que ſes paſſions & les
fantaiſies de ſon ſexe ? qu'elle corrompit
les victoires, & qu'elle gouvernait avec
un empire qui n'a point d'exemple dans
l'Hiſtoire ? Mais ſi Juſtinien ne ſuivait que
ſes vaſtes conſeils qu'une réuſſite prompte
courronnait, pourquoi refuser à ſa mémoire
le juſte éloge que mérite ſa cendre ? quel
plaiſir peut-on trouver à aliéner la réputation & défigurer des faits ? Bon , me ré-
pondra un de ces idolâtres de l'impoſture.
êtes-vous aſſez ſimple, aſſez ſcrupuleux
pour faire un crime à un Hiſtorien d'une
licence permiſe par l'éloignement des

tems ? Le Héros d'un Roman devient
infupportable s'il refte vertueux jufqu'au
dénouement ; il faut pour piquer le Lecteur
à moitié endormi , lui prêter des vices qu'il
n'a jamais eu pour le fatisfaire. Un Hifto-
rien peut auffi fuppléer quelquefois , tranf-
planter un événement vieilli par des fiècles:
voilà le grand art: qui le démentira ? Théodora était fans doute une Princeffe illuftre :
mais que rifque un Auteur ennemi fecret
du Théâtre , en difant (quand même cela
ne ferait pas) qu'une Femme de Spectacle
eft une débauchée : voyez le beau fujet de
querelle.

,, *Soupçonner une Actrice, eft rifquer peu de*
chofe ,
,, On peut alors parier cent contre un.

Ah ! je vous demande pardon , je ne
m'attendais pas à ce trait ; je vous fuis obligé , me voilà totalement convaincu . . . .
lapefte ! . . vous avez raifon. A propos du
mariage de juftinien avec Théodora , je
fuis bien aife de citer ce qu'en dit M. Antoine Terraffon dans fon Hiftoire de la
Jurifprudence Romaine , *p.* 203.

,, L'Empereur

,, L'Empereur Juſtin abrogea entière-
,, ment le chapitre de la loi Papia Poppæa,
,, au ſujet des mariages des Sénateurs , &
,, cela parce que Juſtinien que Juſtin avait
,, adopté, venait d'épouſer Théodora qui
,, avait été Comédienne. Juſtin abrogea
,, auſſi la conſtitution de Conſtantin; &
,, quand Juſtinien fut parvenu lui-même à
,, l'Empire, il fit une conſtitution (a) pour
,, achever d'anéantir des loix qui n'avaient
,, été abrogées qu'à cauſe de lui. " Quelque page plus haut , il dit , que Juſtinien
n'épouſa Théodora que lorſqu'il fut aſſocié
lui-même à l'Empire , & qu'il ne l'épouſa
que pour ne point violer ſa parole donnée.
C'eſt une contradiction inſoutenable : Juſtin n'abrogea donc pas la loi Papia Poppæa [c'eſt à dire le chapitre au ſujet des
mariages des Comédiennes] en faveur de
ſon adopté. C'eſt malignement inventer
un motif qui ne fut point la cauſe de la
caſſation de ce chapitre , & qui ne tombe
pas ſous les ſens. Tout le monde ſait qu'un

[a] Novelle 89, chap. 15.

D

Souverain ne reçoit de loi que de lui-même, & qu'il ſe diſpenſe d'anéantir celles qui lui ſont contraires, pour ſe juſtifier aux yeux de la multitude qui ſe trouve preſque toujours de ſon avis. Rendons juſtice à la vérité: ſoyons ſûrs qu'un génie auſſi grand, auſſi vaſte que Juſtin ſe fut diſpenſé d'anéantir le chapitre de la loi Papia Poppæa, au ſujet des mariages des Comédiennes, s'il n'en avait connu toute l'extravagance. Car enfin, qu'en ſerait-il réſulté s'il ne l'eut point abrogé? une foule d'obſtacles que Juſtinien eut éprouvé à ſon avénement à l'Empire; je veux tout cela: mais qui ſe feraient bientôt évanouïs d'eux - mêmes. Juſtin en abrogeant ce chapitre, ne fit que ce qui ſe fait de nos jours lorſqu'on vient à reconnoître que le préjugé ſeul fait la ſolidité d'une loi. Même page il continue ainſi : „ Quelque temps après, ce même „ Empereur (a) acheva d'anéantir la loi „ Papia Poppæa & la conſtitution de Conſ-„ tantin, par ſa Novelle 117, chap. 6,

-----

(a) Juſtinien.

„ par laquelle il permit aux Citoyens les
„ plus qualifiés de contracter des mariages
„ avec toutes fortes de perfonnes , pourvu
„ qu'elles fuffent libres. C'eft ainfi (pour-
„ fuit l'élégant M. Antoine Téraffon) que
„ Juftinien qui mérite quelques louanges
„ par le foin qu'il prit de faire raffembler
„ les anciennes loix , facrifia à fa paffion
„ pour fa femme , un des établiffemens
„ des plus fages qui euffent jamais été
„ faits par fes Prédéceffeurs. «

Cette conftitution me paraît fage , &
je ne puis pénétrer les raifons du Traduc-
teur qui la blâme , fi ce n'eft le plaifir de fe
trouver du parti vulgaire. Hé quoi! parce
que les Prédéceffeurs de Juftin & de Juftinien avaient noté d'infâmie les Acteurs ,
quoique le goût d'en avoir leur foit venu
des Grecs qui faifaient des leurs les premiers de l'Etat , il fallait abfolument que
l'un & l'autre (pour conferver leur gloire)
adoptaffent cette loi , ou plûtôt cet atroce
préjugé qui n'a exifté & n'exifte plus que
chez le Clergé de France & dans quelques

Parlemens de ce Royaume. Je ne puis
même y penfer fans gémir. O ma chère
Patrie ! pouvez - vous donner dans une
erreur auffi groffière, & faire vos délices
du Théâtre ? Ne rougiffez-vous pas d'entendre dire d'un pôle à l'autre que la France eft l'afile des Arts , & fuivre le fentier
d'un abfurde préjugé ? Ceffons de placer
au rang des grands Hommes les Corneille,
les Racine , les Molière , les Voltaire , ou
diffamons-les, puifqu'ils font de nos jours
l'ornement, l'ame de nos Théâtres. Le
receleur eft fans contredit plus criminel
que le voleur , mais il eft moralement fûr
que fans le dernier le premier n'aurait jamais exifté. Mais enfin parcourons les
lieux habités de ce vafte globe, l'Allemagne , la Hollande , l'Angleterre , &c.
nous ne trouverons pas de trace d'un femblable aveuglement ; en Efpagne . . . .
en Italie même , Contrée heureufe où fiège
le Chef vifible de l'Eglife , on fait de la
Comédie un des ornemens de la Solemnité
des jours les plus faints. (a)

_____

(a) Dict. des Arrêts , t. 2 , p. 219.

Revenons à J. J. Rousseau : quant au
mélange ,, de bassesse , de fausseté , de ridi-
,, cule orgueil & d'indigne avilissement qui
,, rend le Comédien propre à toutes sortes
,, de personnages , hors le plus noble de
,, tous , celui d'Homme qu'il abandonne. "

Je ne vois pas là dedans ce qu'il y a de
servile & de bas que pour Jean - Jacques,
Homme fait pour tout avilir. Rendre les
vices odieux , n'est pas dégrader l'humanité , si le Comédien est honnête Homme.
Dois - je mépriser l'Evangile parce qu'un
scélérat prêche les Vertus, & qu'il pratique
le vice qu il vient de vespériser ? non sans
doute , je profiterai de sa morale & mépri-
ferai ses mœurs. Qu'a donc l'Homme de
Chair de plus que le Comédien ? quelle
différence . direz-vous ! il n'en est point
que celle que vous lui prêterez. La Comédie est un Sermon vivant , & remue bien
différemment l'Auditeur.

Les Conférences ne font - elles pas des
dialogues comme nos Pièces ? Que l'on
multiplie le nombre des Orateurs , il n'y

aura plus de différence. N'ai-je pas entendu
éclater l'Auditoire ? n'ai - je pas ri moi-
même des réponfes flegmatiques du Contradicteur, de fes faillies naïves ? ,, Un
,, Acteur (dit J. J.) à force de repréfenter
,, des filoux, des valets induftrieux, ne
,, prendra-t-il pas un jour la bourfe d'un
,, fils prodigue ? "

Il nous fait affurément beaucoup d'honneur, c'eft-à-dire à Meffieurs les Comiques dont il parle. Selon lui, pratiquer le
vice en apparence pour deux heures, doit
tourner en habitude, & fera fans contredit
de Meffieurs les Valets des filoux publics,
& payer pour apprendre le métier au dépens même des volées, quel pitoyable
raifonnement ! peut - on l'entendre fans
hauffer les épaules de pitié ? mais en revan-
che il doit en réfulter que les premiers Acteurs qui ne repréfenteront que de grands
vices ou de grandes Vertus, feront dans le
même cas, ce qui conclut fans problême,
que s'ils ne jouent que des Diffipateur,
des Glorieux, des Ambitieux, des Po-

lieucte , des Samfon , des Enfant prodi‑
gue , à force de les repréfenter ils en
prendront les Vertus. De même que ceux
qui rempliront les rôles vicieux tels qu'A‑
trée, Orefte , Polifonte , Mahomet , Œdi‑
pe, (qui l'eft fans le favoir) Catilina & tels
autres, feront réputés infâmes à force de re‑
préfenter ceux qui le font. Mais je m'ima‑
gine qu'il en réfulterait fouvent que le pre‑
mier ferait un miférable , & le fecond au
contraire un homme très-eftimable, auquel
cas notre Cauftique fe trompe furieufe‑
ment. Mais il faut bien lui paffer quelque
chofe : le bon homme végete tout au plus.
Ces petits Auteurs Montagnards font fu‑
jets aux vertiges : notre Génevois eft dans
le cas.

Le Contradicteur dans nos Conférences
fera donc un fcélérat , puifqu'il tourne en
ridicule la Religion même. S'il prend la
place de l'homme méprifable , menteur ,
irréligieux , c'eft pour faire appercevoir
tout le hideux du perfonnage qu'il feint de
repréfenter. L'homme a befoin d'exemples,

frappans. Un Sermon fait plus d'effet fur l'Auditoire que fi l'Auditoire le lifait. Le Comédien n'eft pas plus vertueux que les autres Hommes & n'eft pas plus corrompu. Les vices attachés à l'humanité font de chaque état. Honnéte Homme, il eft eftimable pétri de talens ; fans conduite, il doit étre odieux. (a)

[a] On trouve depuis des temps immémorials, des traces d'œuvres de Théâtres en diverfes nations polies , & qui ne s'étaient pas communiqué ce goût les unes aux autres. Les Chinois, par exemple, qui n'ont rien emprunté des Grecs, ont eu fans favoir comment, l'ufage d'une efpèce de Tragédie & de Comédie à leur manière. Voici ce qu'en rapporte Acofta [Amer. 9 part. l. 6 , c. 6.] ,, Les ,, Chinois, dit cet Auteur, ont des Théâtres ,, vaftes & fort agréables , des habits magni- ,, fiques pour les Acteurs , & des Comé- ,, dies dont la repréfentation dure dix ou ,, douze jours de fuite , en y comprenant les ,, nuits , jufqu'à ce que les Spectateurs & les ,, Acteurs las de fe fuccéder éternellement en ,, allant boire , manger , dormir & continuer ,, la Pièce , ou affifter au Spectacle fans que ,, rien y foit interrompu , fe retirent enfin ,, tous comme de concert. Du refte , ajoute- ,, t-il , les fujets font tout - à - fait moraux , ,, & furtout relevés par les exemples fameux ,, des Philofophes & des Héros de l'antiquité ,, chinoife.

,, L'Orateur

,, L'Orateur, le Prédicateur paient: pour-
,, ra-t-on me dire de leurs personnes ainsi
,, que le Comédien (la différence est gran-
,, de, dit-il) l'Orateur se montre, c'est
,, pour parler, & non se donner en spec-
,, tacle comme lui la risée de l'Assemblée.''
L'Eloquence est un Art divin ; le Théâtre

On voit de même chez les célèbres Incas
du Pérou des Pièces régulières. Voici ce
qu'en dit Garcillaso de la Vega [*Primera parte
Delos Commentarios reales , c.* 17.] ,, Ils re-
,, présentaient aux jours de fêtes des Tragé-
,, dies & des Comédies qui n'avaient rien de
,, bas ni de rampant. Les sujets des Tragé-
,, dies étaient les exploits & les victoires de
,, leurs Rois & de leurs Héros. Ceux au con-
,, traire des Comédies se tiraient de l'agricul-
,, ture & des actions les plus communes de la
,, vie humaine ; le tout assaisonné de senten-
,, ces pleines de sens & de gravité. ''
[Théât. des Grecs par le R. P. Brumoy, t.
1er. p. 41.] il dit même volume p. 71, à
l'égard de l'efficacité du Spectacle, ,, que la
,, Poésie corrige la crainte par la crainte, &
,, la pitié par la pitié ; chose d'autant plus
,, agréable que le cœur humain aime ses sen-
,, timens & ses faiblesses. Il s'imagine donc
,, qu'on veut le flater , & il se trouve insensi-
,, blement guéri par le plaisir même qu'il a
,, pris à se séduire. Heureuse erreur dont
,, l'effet est d'autant plus certain que le remè-
,, de naît du mal même qu'on chérit. ''

E

est son Temple. C'est là que le Prédicateur, l'Avocat viennent y chercher l'aisance & les principes contre la monotonie insupportable des Collèges. Il est des loges grillées dans presque tous les Spectacles pour le premier, l'Avocat s'y place où il lui plaît. En un mot, nos Prédicateurs, nos Avocats les plus célèbres, ne rougissent point de convenir que c'est à cette école qu'ils doivent leurs perfections. Cicéron avoue que c'est à Claudius Esope (Acteur célèbre des Romains) qu'il est redevable de l'Art de la déclamation qu'il possédait au premier degré : aussi le consultait-il sans cesse. Son amitié pour lui & pour Roscius, (dont il fait souvent l'éloge sur sa probité, ses talens (a)) est une preuve sûre de la

_____

(a) Il prit la défense de ce dernier contre Fannius dans le beau discours intitulé *Pro Roscio.* Dans son Oraison pour le Poëte Archias, t. I, p. 73, il dit, où est le brutal ou le stupide qui dernièrement ne fut point touché de la mort de Roscius ? Ce n'est pas qu'il ne fut mort assez âgé ; mais comme il était incomparable en son Art, il était digne de vivre toujours.

supériorité du Comédien sur l'Orateur &
l'Homme de Chaire, puisque c'est à l'Acteur qu'ils font redevables l'un & l'autre
des règles de l'Eloquence. Tout consiste
donc dans le préjugé; aveugle qui l'adopte.
Souvent le Prédicateur m'a fait pitié ; &
s'il était d'usage, nous les verrions plus
sifflés qu'applaudis. Il en résulterait un
grand bien, c'est qu'ils feraient meilleurs.
S'il ne devait pas payer de sa personne, on
ne s'en appercevrait pas, il ne ferait pas
cet effet.

Le Bareau, la Chaire & le Théâtre font
exposés à ces disgraces, hors qu'il est permis d'éclater au Théâtre; mais tous trois
ils font sujets à feindre, & souvent ils af-
fectent d'être attendris d'une chose qui les
fait rire au sortir de l'avoir débitée ; contraire en cela à Horace, qui dit, pleurez, si
vous voulez que je pleure ; ce qui conclut
qu'il faut sentir pour exprimer. Aussi qu'ar-
rive-t-il ? c'est qu'à l'issue des Temples
on critique le Prédicateur qui, sans le res-
pect que les assistans ont pour le lieu, l'en-

tendrait de fes propres oreilles ; l'Orateur
eſt interrompu par les éclats de rire, l'Acteur eſt fifflé parce qu'on veut tout en lui,
& qu'il doit tout avoir. Il faut des fupplices pour contenir les fcélérats, il faut des
tyrans fur la ſcène pour les faire haïr. Celui qui les repréſente n'eſt pas plus avili
que celui qui les cite.

„ Mais, pourſuit-il, un Comédien,
„ en jouant un fcélérat, déploie tout ſon
„ talent pour faire valoir de criminelles
„ maximes dont lui - même eſt pénétré
„ d'borreur. p. 146. (a)

Mais le Prédicateur en mettant devant
les yeux de l'Auditoire les crimes affreux

_____

(a) Le bon homme ne ſe rappelle pas lui-
même a mis tout en uſage pour prouver que
les Arts nous avaient corrompus. Bien différent en cela à Plutarque, dont la décifion eſt
préférable à la ſienne, qui dit que le plus
grand fruit que les Hommes puiſſent retirer
de la familiarité des Muſes, c'eſt d'acquérir,
par le commerce des lettres, une douceur
qui les rende aimables. Je ne citerai point
mille paradoxes extravagans dont il eſt le
créateur ; on eſt à même en conſultant le badin Freron, qui en tient le regiſtre, d'en voir
la bizarrerie.

de nos pères, ne rougira-t-il pas de citer
Sodome & Gomorrhe; les infâmes débauches des Enfans d'Ifraël; celle du Roi
Prophète & de fon Fils? toutes ces cita-
tions pour faire haïr le crime ne dégradent-
elles pas l'humanité? Quoi! pour nous
faire aimer la Vertu, nous citer des crimes
abominables, fouvent ignorés d'une partie
de l'Auditoire, qui cherche la fignification
de ces noms infâmes, tombe le plus fouvent dans l'impureté autorifée par l'exemple de ces criminels illuftres qui furent de
ces crimes les premiers auteurs.

A l'égard de l'Orateur, l'Eloquence
d'un Avocat célèbre, a fouvent fait ab-
foudre le riche coupable au préjudice de
l'innocent né dans le fein d'une fortune
médiocre. (*a*)Combien d'hommes victimes
de cet Art dangéreux mais néceffaire, ont
cimenté de leur fang, ou par la perte to-

_____

(*a*) Licinius Calvus, Orateur célèbre des Romains, plaida avec tant de force contre Va-
tinius, que celui-ci voyant qu'il allait être
condamné, l'interrompit en difant aux Juges : ,, hé quoi! Meffieurs, parce que mon
,, accufateur eft éloquent, eft-il jufte que je
,, fois condamné? ``

tale de leur bien, la réputation éclatante
de ces Elèves de Patru.

Eſt-il poſſible qu'un galant Homme em-
ploie ſes talens à pallier ou faire triompher
le crime : plus il a de témérité, plus je le
trouve bas & coupable d'embraſſer (aux
yeux même de la Juſtice) la défence d'un
ſcélérat qui n'eſt repréſenté ſur la ſcène que
pour en faire voir toute l'infâmie : voilà
en quoi triomphe la Comédie. On y voit
les tyrans dévorés de remords ou punis par
les ſupplices, l'infâme Athalie égorgée
aux portes du Temple de l'Eternel, Oreſte
déchiré de remords d'avoir crû Hermione
qui s'immole de déſeſpoir, le ſanguinaire
Hérode en horreur, Guſtave triomphant
du perfide Chriſtierne, Polifonte poignar-
dé par le Succeſſeur légitime de Cresfonte,
l'Enfant prodigue dévoré de remords, re-
venu au ſein de ſa famille implorant les
bontés de ſon père, l'avarice, l'hypocriſie,
l'envie, la médiſance, l'orgueil ſont les
tableaux que la Comédie expoſe ſur la
ſcène.

Voyez Polieuĉte & Néarque, leur mort fait bénir par la pieufe Affemblée les coups qui les conduifent à la béatitude éternelle, récompenfe des Martyrs. Pauline couverte du fang de fon Epoux abandonne les faux Dieux ; Félix frappé d'un rayon de lumière, fent entrer dans fon ame le pouvoir des Vertus chrétiennes. Le Specta-teur fent une fainte joie à ce dénouement qui fuccède aux larmes que les Martyrs lui ont arrachées ; il fort pénétré ; il l'oublie le lendemain, le moment même : eft-ce la faute de l'Aĉteur fi le vice fe renouvelle fans ceffe dans le cœur des humains ? Aux approches d'une quinzaine de pénitence, vous voyez tout le monde fe préparer à des devoirs pieux, le temps des pénitences ex-pire, les habitudes vicieufes prennent la place de la quinzaine d'hypocrifie : les Pafteurs doivent-ils en être refponfables ?

„ P. 147, fi l'on ne voit en tout ceci
„ qu'une profeffion peu honnête, on doit
„ voir encore une fource de mauvaifes
„ mœurs dans le défordre des Aĉtrices

„ qui force & entraîne celui des Acteurs. "

Je le dis encore, la Comédie était méprifable (a) dans le fein de la maîtreffe du
monde, corrompue par les Farceurs ou
Hiftrions; ce qui la fit noter d'infâmie.
Ces Mimes (b) n'étaient que de vils ef-

___

[a] „ St. Thomas porte fur les Hiftrions de
„ fon temps un jugement bien différent de
„ celui que les pères des premiers fiècles
„ avaient porté fur les Hiftrions de leur
„ temps, lorfqu'ils parlaient des Comédies
„ régulières des Payens : il difait [*Art. de*
„ *Spect.*] *Comædiæ & Tragædiæ horum Poë-*
„ *mata. (St. Auguft. de civil. l. 2, cap, 8.)*
„ *Et hæc funt Scenicorum tolerabiliora ludo-*
„ *rum Comædiæ fcilicet & Tragædia.* "
„ Mais lorfqu'il s'agiffait des jeux des
„ Hiftrions, ils s'élevaient fortement contre
„ les abus qui y règnaient. [*Luet. l. 6, di-*
„ *vin. inftitut. cap.20] Hiftrionum impudiciffi-*
„ *mi mo... quid aliud nifi libidines docent,*
„ *&c. inftigant. Hiftrionum impudici geftus*
„ *in quibus infames fœminæ imitantur libidi-*
„ *nes, quæ, quas faltando exponunt, docent.*
„ Hift. du Théât. ital. par Ricoboni, p. 26. "
[b]   „ Hiftrions ou Mimes fe mirent à repré-
„ fenter les Comédies qui approchaient le
„ plus de leur caractère ; c'était les Attela-
„ nes. Ces Pièces ayant paffé dans les mains
„ de ces Acteurs, perdirent le nom de Co-
„ médie. " (Même Théât. p. 24) Charle-
magne, par une Ordonnance de l'an 789,
mit les Hiftrions au nombre des perfonnes

claves

claves, & les Actrices d'infâmes proſti-
tuées, &c. Mais il n'en réſulte pas que le

---

infâmes, & auxquelles il n'était pas permis
de former aucune accuſation en Juſtice, &c.

Mais il faut avouer que la plûpart de ces
peines ont moins été prononcées contre des
Comédiens [le vulgaire confond le Comédien
avec les Farceurs] proprement dits, que contre des Hiſtrions ou Farceurs publics qui met-
taient dans leurs jeux toutes ſortes d'obſcé-
nités ; & que le Théâtre étant devenu plus
épuré, on a conçu une idée moins déſavanta-
geuſe des Comédiens. (Ce que je trouve
d'original, c'eſt ce qui ſuit.) On tient néan-
moins toujours pour certain qu'ils dérogent,
exceptés ceux du Roi, comme il réſulte
d'une déclaration de Louis XIII, du 16 Avril
1641, enregiſtrée en Parlement le 24 du
même mois, & d'un Arrêt du Conſeil du 10
Septembre 1668, rendu en faveur de Floridor. Dict. des Arrêts, t. 2, p. 218 ; la reſ-
triction eſt admirable.

,, Les Anciens diſtinguaient deux ſortes
,, d'Acteurs : les Mimes ou Bateleurs, & les
,, Comédiens dont le nom comprend mainte-
,, nant ceux qui jouaient les Comédies & les
,, Tragédies ; & comme ces deux ſortes de
,, gens étaient différens aux choſes qu'ils re-
,, préſentaient, en la manière de repréſenter,
,, aux lieux où ils jouaient & aux habits qu'ils
,, portaient, ainſi qu'on le peut prouver
,, aiſément, ils furent auſſi traités différem-
,, ment.

,, Les premiers furent déclarés infâmes
,, dans les derniers temps par les Romains

E

Spectacle foit méprifable, & en horreur
aux honnêtes gens : la bonne Comédie
n'étant point vicieufe , mais une partie de
ceux qui la compofent ; j'en donnerai plus
avant la preuve.

Romulus ne fonda un grand Peuple
qu'ayant raffemblé un tas de brigans) tel
eft le fort des Colonies) ; de ces tiges viles
font fortis des modèles de Vertu qui font
encore l'admiration de notre fiècle. Leurs
Succeffeurs doivent - ils être méprifables

,, encore qu'au commencement cela n'eut
,, pas été parmi eux, non plus que parmi les
,, Grecs.
   ,, Mais les Comédiens n'ont jamais reçu
,, cette difgrace , ayant toujours été traités
,, avec honneur par les perfonnes de grande
,, condition & capables de toute fociété ci-
,, vile; ce que l'on peut juftifier par beaucoup
,, de rencontres , & même de ce que les Poè-
,, tes dramatiques dont aucuns ont été Géné-
,, raux d'Armée , jouaient quelquefois eux-
,, mêmes le principal Perfonnage de leurs
,, Pièces ; & s'ils ont été quelquefois maltrai-
,, tés à Rome après la mort des tyrans fous
,, lefquels ils avaient fervi , ce fut par maxi-
,, me d'Etat, comme amis des mauvais Prin-
,, ces , & non par règle de Police , comme
,, ennemis des bonnes n.œurs. `` [Prat. du
Théât. par l'Abbé Daubignac , t. 1er p. 49.

parce que leurs pères l'étaient ? La Grèce, je l'ai déjà dit , faifait plus de cas des Acteurs & des Poètes de Théâtre ; ils poffédaient des charges honorables, récompenfe des Hommes de mérite. Perfonne n'ignore l'eftime des Grecs pour Euripide , Auteur célèbre de l'Ifle de Salamine. Les Athéniens défaits en Sicile rachetèrent leur vie en récitant les Vers tragiques de ce grand Homme , tant leurs vainqueurs avaient d'eftime & de vénération pour les Pièces de cet excellent Poète. (a)

(a) Voici ce qu'écrit M. de Voltaire au fujet des Acteurs & Actrices Anglaifes à Mr Fakéner, vol. 3 , p. 14. ,, Le Chevalier Stécle & Chevalier Vanbrouk étaient en même tems Auteurs Comiques & Membres du Parlement. ,, Vous comblez de bien les grands Hommes ,, pendant leur vie , vous leur élevez des ,, maufolées & des ftatues après leur mort ; ,, les Actrices célèbres ont auffi leur place ,, dans les Temples à côté des Grands Poè- ,, tes.
Olfilde ainfi que Barcegirdle font inhumées auprès des tombeaux des Rois. ,, Ce n'était ,, pas le mêtier (dit J. J. R. en parlant des ,, Anglais à ce fujet) mais les talens qu'ils ,, voulaient honorer. Chez eux les grands ,, talens annobliffent dans les moindres états, ,, les petits aviliffent dans les plus illuftres. ''

Machiavel, fameux Ecrivain en matière
de politique, au feiziéme fiècle compofa
une Comédie fur le modèle des Pièces
grecques ; elle fut fi bien reçue que le Pape
Léon X la fit repréfenter à Rome, & ho-
nora la Pièce de fa préfence ainfi qu'à
Sophonisbe, Tragédie de Jean - George
Triffiano. L'Hiftoire fournit des traits
moins reculés de la bienveillance des
Grands pour les Poètes & les Acteurs.

„ A mefure que les Hommes fe poliffaient,
„ (a) les Arts venaient en vénération.
„ L'Empereur Mathias annoblit Piétro

Je doute qu'un Savetier, à quelque degré
qu'il pouffât fon métier, je doute fort, dis-je,
qu'il parvînt à cet honneur. Le talent le plus
fublime ne peut illuftrer une profeffion, fi
réellement elle eft méprifable ; il eft mille
traits chez cette nation, qui prouvent l'état
qu'ils font des Acteurs.

Thomas Oteway, célèbre Poète, & Acteur fort eftimé. Shakefpear honoré de
même qu'Offilde de la fépulture royale &c.
Thomas Beterton auffi célèbre Poète & Acteur tragique, il était fobre, modefte, bon
ami, & d'une fociété agréable : il mourut
dans un âge avancé regretté de tout le monde.

(a) Théât. ital. par Ric. p. 57.

„ Maria Cocchini , Homme d'esprit & de
„ Lettre , qui jouait les rolles d'Arlequin.
„ Nicolo Barberi Detto Beltrama fut pro-
„ tégé par LOUIS XIII . & Giona Bap-
„ tista Andreïni, qui jouait les rolles d'A-
„ moureux, fut honoré ainsi que le pre-
„ mier de sa bienveillance.

„ S. Charles Borromée . (*a*) Cardinal
„ & Archevêque de Milan signait les ca-
„ nevas des Comédiens . & leur donna le
„ Privilège de cette Ville en 1583 ; il ne
„ désapprouva que les Spectacles immo-
„ destes, comme on le voit par le troisiéme
„ Concile qu'il tint à Milan en 1572. "

Floridor , fameux Comédien , né Gentilhomme n'en fut point jugé indigne par
la profession dont il était , (*b*) dans la re-
cherche que l'on fit de la fausse noblesse ,
il fut reçu par le Roi & son Conseil à faire
preuve de la vérité de la sienne qui , par
droit héréditaire , a passé à sa postérité.
La Thorillière le Noir , Capitaine de Ca-
valerie, &c. (*c*)

(*a*) Même Théât. p. 58.
(*b*) L'Arrêt est du 10 Sept. 1668.
(*c*) Voyez le Dict. des Théât.

L'Académie de Muſique n'a-t-elle pas le Privilège de conſerver la qualité de noble à ceux qui ont l'avantage de l'être.

Dans les premiers temps du Théâtre, les Actrices guidées par le deſir de plaire par leur propre talent, n'achetaient point les applaudiſſemens par la proſtitution comme je l'ai vu ſouvent ; le mérite ſeul était récompenſé ; on vénérait les talens & la conduite, au lieu que dans ce temps où la débauche eſt au dernier point, une malheureuſe renommée par le libertinage & le nombre d'illuſtres Amans va ravir la palme due à l'Actrice de mérite, décorée de la ſageſſe. Le dégoût s'empare de ſon ame, indignée elle abandonne la ſcène, & la laiſſe en proie à la débauche émanée d'un puplic luxurieux.

Que ce même public ait plus de vénération pour un état reſpectable ; ces Femmes ennemies des vices ſe feront un devoir d'embellir le Théâtre, & de montrer qu'il faut être vertueux pour faire aimer la Vertu. La débauche exilée des Temples de

Thalie & de Melpomène, va faire revivre
ces lieux antiques révérés dans le sein de
la sagesse (a), séjour où la morale la plus
saine doit sa naissance: en un mot, Thrône
où siégait la Vertu.

„ Les deux sexes ont entre eux une liai-
„ son si forte & si naturelle, que les mœurs
„ de l'un décident toujours de celles de
„ l'autre. Les Anglaises sont douces &
„ timides, les Anglais sont durs & féro-
„ ces . . . .
„ . . . .
„ . . . . A cela près tout est semblable.

Un petit Homme & un grand mis en
paralelle (quoique cela ne soit pas possible) doivent être selon lui, semblables par
le contraste même; quelle impertinence!
puisque le désordre des Actrices entraîne
nécessairement celui des Acteurs, & que
dans tous les pays les deux sexes ont entre
eux une liaison si naturelle que les mœurs
de l'un décident de celles de l'autre. Si
les Acteurs, dis-je, entraînés par l'exemple

[a] Athènes.

fatal des Actrices fuivent ce torrent inévi-
table dont la fource eft la débauche, pourquoi les Anglais durs & féroces ne pren-
nent-ils pas l'efprit doux & timide de
leurs compagnes aimables ? Ce raifonnement eft faux inconteftablement, ou pour
l'un ou pour l'autre , il n'en réfulte pas que
parce que chez moi les Femmes y font
vives & coquettes , les Hommes ne devraient pas y être mélancoliques & naturellement un peu bourus. ,, Pour connoître
,, les Hommes , dit-il , il faut étudier les
,, Femmes.

Syftême abfurde ! Les Femmes ont
fouvent été les auteurs des forfaits les plus
atroces & des actions les plus héroïques.
(a) Faut-il en conclure que les Femmes

[a] Jahel illuftre femme Juive , fauva fa Patrie
en enfonçant un clou dans le front de Sifara ,
Général des Cananéens. Judith célèbre héroïne des Juifs de la Tribu de Siméon, Ho-
loferne Général de Nabuchodonofor Roi des
Affyriens ayant affiégé Béthulie , Judith ,
dis-je, fe tranfporta dans fa Tente, foupa
avec lui , prit fon fabre & lui coupa la tête
tandis qu'il dormait , & délivra par cette
vicieufes

vicieufes ou vertueufes donnent une de ces deux qualités dont elles fe trouvent le plus affectées ? Jean-Jacques me permettra de ne pas être de fon avis ; l'Hiftoire m'en fournit une preuve fi autentique, que je ne puis me difpenfer de la traduire ; c'eft le moyen de convaincre les obftinés.

Servius Tullius eut deux filles de Tarquinie. fille de Tarquin l'ancien ; il les maria aux deux petits-fils de ce Prince,

---

action héroïque, le peuple Juif. Jézabel, fille d'Ethbaal, Roi des Sidoniens, époufa Achab Roi d'Ifraël, & l'entraîna dans l'Idolatrie ; elle fit prendre la fuite au Prophête Elie, & fut caufe du meurtre de Naboth : mais fes impiétés ne demeurèrent point impunies, car Jéhu étant allé à Jefrahel, la fit jetter par les fenêtres ; fon corps fut dévoré par les chiens &c. Frédégonde, femme de Chilpéric, Roi de France, s'eft rendue odieufe par fon impudicité ; elle fit affaffiner Galfuinte, Audoüaire, Sigébert, Prétextat, & felon Jean du Tillet, Chilpéric fon mari, lorfqu'il revenait de la chaffe à Chelles, de concert avec Landri fon amant ; elle arma enfuite puiffamment contre Childébert, défit fes troupes, ravagea la Champagne, reprit Paris ; elle mourut triomphante, mais couverte de crimes. Childébert & la Reine fon époufe furent empoifonnés par fes ordres.

G

Lucius & Aruns, coufins germains de fes
filles ; la plus âgée à l'aîné , & la plus jeune
au cadet. Ses deux gendres rencontrèrent
dans leurs époufes des caractères totalement éloignés de leur naturel & de leur
humeur. Lucius qui était l'aîné, homme
hardi, fier & cruel, eut une femme d'un
esprit doux, raifonnable , pleine de ten-
drefle & de refpect pour fon père ; Aruns
qui était le cadet , beaucoup plus humain
& plus traitable que fon aîné, trouva dans
la jeune Tullie une de ces femmes entre-
prenantes, audacieufes, & capables des
crimes les plus noirs. Elle fçut gagner Lucius par fes paroles flatteufes ; enfin ils dé-
terminèrent entre eux de fe défaire l'un de
fa femme, l'autre de fon mari ; le parricide
ne fut différé que de quelques jours après
le complot formé. Dès qu'ils eurent exécuté ce double attentat , ils joignirent leurs
fortunes & leurs fureurs par un mariage ,
auquel Servius n'ofa s'oppofer. Ce fut pour
lors que ne voyant plus que la vie de Servius qui fit obftacle à leur ambition, il le

firent affaſſiner dans la rue Cyprienne,
nommée depuis Scélérate. Elle accourut au
bruit que faiſait la populace, & voyant le
corps de ſon père ſanglant, que ſon cocher
lui montrait ſaiſi d'horreur, cette vue ne
fit que l'irriter, de ſorte qu'oubliant non
ſeulement les ſentimens de la nature, mais
même ceux de l'humanité, elle fit paſſer
ſon char ſur le corps de ſon père, quoique
les chevaux, épouvantés à ce ſpectacle, en
euſſent horreur. Après cette inhumanité,
elle rentra dans ſa maiſon comme en triomphe. (a) Voici une apoſtille, quoiqu'étran-
gère à mon ſujet, que je ne puis m'empêcher de citer „ pag. 158. les femmes ſau-
„ vages n'ont point de pudeur, car elles
„ vont toute nue . . . je répons dit (J. J.)
„ que les nôtres en ont encore moins, car
„ elles s'habillent. „

Juges, mon cher, ſi une propoſition
auſſi erronée ne devrait pas procurer à ſon
Auteur une place aux petites maiſons. Il eſt
vrai que les Lacédémoniens n'étaient point

_____

[a] Hiſt. Rom. par Rollin, t. 1er, p. 282.

affectés des danses des jeunes filles nues,
quoique cet usage, introduit par Lycurgue, soit blâmé universellement, ainsi que
son réglement barbare, d'étouffer les enfans
qui venaient au monde, qui ne promettaient
pas d'être bien faits & vigoureux. L'habitude
chez eux faisait la sureté du sexe, ainsi que
chez les Sauvages, mais il n'est pas moins
ridicule d'en conclure que nos Femmes
ont moins de pudeur parce qu'elles s'habillent. Il serait aussi étrange à ce peuple
de se vêtir, qu'à nous de nous priver de
nos habits, l'habitude d'aller couvert fai-
sant chez nous partie de la décence; préjugé soit. Mais s'il pense qu'au fond, l'a-
droite parure de nos Femmes est plus dangéreuse qu'une nudité absolue dont l'habitude tournerait bientôt les premiers effets
en indifférence, & peut-être en dégoût,
ce n'est pas la peine de renoncer à nos usa-
ges, le mal étant fait; d'ailleurs j'y pré-
vois mille obstacles qui sans contredit en
naîtraient, & qui s'offrent pour peu qu'on
refléchisse. Quelle différence, si les Peuples

de l'Europe adoptaient cette méthode extravagante qui répugne à tout Etre policé! Combien de Femmes perdraient, privées de l'ufage; mais combien en eft-il qui ne pourraient fuffire à l'avidité d'un tas de libertins? Laiffons les chofes comme elles font, ce ferait tomber d'un mal dans un pire, tout eft bien.

„ Page 166, je demande comment un
„ état dont l'unique objet eft de fe montrer,
„ & qui pis eft, de fe montrer pour de
„ l'argent, conviendrait à d'honnêtes fem-
„ mes, & pourrait compâtir en elles avec
„ la modeftie & les bonnes mœurs. "

Je lui répondrai qu'il faut que le Public en ait, (a) c'eft lui qui les corrompt par toutes fortes de voies: ces exemples font

_____

(a) En effet, une Femme vertueufe à la Comédie, eft un monftre pour les libertins; elle y eft perfécutée, & fi les honnêtes gens ne la foutiennent pas, c'eft fouvent par crainte de fe donner un ridicule: car protéger la pudeur dans notre fiècle, ce n'eft pas être du bon ton, ce ferait le moyen d'être fifflé de nos gens du bel air, dont le fuffrage fait tout le mérite: c'eft donc la faute du Public s'il n'en eft point.

vrais ; une jolie Femme , vertueuse à la Comédie , devient la victime de cent complots criminels ; elle succombe , rien n'est moins étonnant. (*a*)

„ Quelques crimes toujours précèdent les
    grands crimes.

Les bornes de la décence une fois franchies , il en naît les égaremens les plus infâmes. Dans chaque état ne voit-on pas la même chose ? Les Femmes seraient vertueuses si les Hommes l'étaient. Ce sexe naturellement crédule lorsqu'il aime , se laisse aller à sa passion sur l'espoir de promesses purement chimériques ; combien de filles abusées par une bonne foi composée ! coquinisme infâme que les loix devraient

[*a*] Marie Caldéronna , Comédienne célèbre , fut aimée de Philippes IV , Roi d'Espagne : on dit que l'or , les prières , les honneurs , les instances , tout en un mot fut employé pour la séduire. Heureuse si elle eut toujours préféré la médiocrité au faste , & la sagesse au titre frivole de Maîtresse de Roi. Elle eut de ses amours Dom Juan d'Autriche , Grand Prieur de Castille , & Généralissime des Armées de Terre & de Mer. Combien n'aurais-je pas d'exemples à citer sur cette matière si je le voulais.

punir rigoureufement, s'il en était d'équi-
tables : en un mot, s'il en eft qui n'aient pas
fuccombé aux brillantes promeffes de leurs
féducteurs, c'eft fouvent manque de fenfi-
bilité , ou qu'on s'y fera pris mal adroitement.

> ,, Les Femmes de nos torts empruntent
>   leurs défauts ,
> ,, Et leurs Vertus font rarement les nô-
>   tres. (a)

Qui déshonore la Comédie ? qui ? c'eft
un tas de malheureufes & de malheureux
plongés dans le vice , protégés par des
gens auffi méprifables qu'eux , qui , pour
fe fouftraire à la rigidité des parens qui ne
peuvent fouffrir leur infâme vie, & voulant la continuer avec plus d'aifance , em-
braffent un état libre , indépendant , privilège des Arts. Un nom fuppofé les cèle
quelque temps , mais leur conduite diffo-
lue les démafque. Je ne m'y fuis jamais
trompé , j'ai pris fouvent plaifir à les faire
connaître , ennemi juré de la canaille , &
je le prouve. La Comédie eft donc le re-

_____

(a) L'Imp. par Mr. Defmahis.

fuge des infâmes, me dira-t-on ? mais, répondrai-je, les cloîtres, lieux confacrés à la piété & à la fageffe, renferment des abominables. Ce n'eft point l'état qui dégrade, c'eft la conduite de celui qui le pratique.

Je difais un jour à un de mes amis à la * * * qui me rapportait les propos d'un certain fat (Marchand enrichi par l'arrière-change) tenus à lui fur notre étroite amitié. Je lui répondis :

Méprife les propos dont ici l'on te berce,
Et ris ainfi que moi d'un ftupide piedplat.
Oui , je me fais honneur du mêtier que
     j'exerce :
Tout Homme vertueux annoblit fon état.

Quand verrons-nous les Arts à l'abri de la noire calomnie : je ne puis fouffrir, fans être révolté, de voir un tas de fots faire le Procès fans rappel , au talent deftructeur des vices ; mais cela ne furprendra plus lorfque je dirai qu'en ce pays, une Femme chez laquelle on trouverait le vafe que la décence ne me permet pas de nommer , ferait réputée Femme de mauvaife vie. Eut-on jamais cru que la mal-propreté aurait mis le fexe à couvert de la médifance?

Revenons

Revenons à l'aviliffement des Comédiens qui jouent, & jouent pour de l'argent. (*a*) Tout état embraffé pour l'amour
du gain dégrade donc l'honnête Homme?

(*a*) St. Antoine, Archevêque de Florence, difait ,, la profeffion de Comédien, *Hiftrio-
natus aræ*, *in 3 p. fumm. tit. 8 cap. 4 feff. 12*,
parce qu'elle fert à la récréation de l'Homme
qui eft néceffaire pour fa vie, n'eft pas dé-
fendue d'elle - même. De là vient qu'il n'eft
pas non plus défendu de vivre de cet Art. Il
dit dans un autre endroit, *Scenicus ludus, &c.
2 pars, fumm. cap. 23, feff. 1*. La Comédie
eft un mélange de paroles & d'actions agréables pour fon divertiffement ou pour celui
d'autrui, fi l'on n'y mêle rien de deshonnête,
rien d'injurieux à Dieu, ou de préjudiciable
au prochain, ce jeu eft un effet de la Vertu
d'Eutrapélie, car l'efprit qui eft fatigué par
des foins intérieurs comme le corps l'eft par
les exercices de déhors, a autant befoin de
repos que le corps en a de nourriture. Ce repos fe procure par ces fortes de paroles ou
d'actions divertiffantes que l'on appelle jeux.
St Bonnaventure dit, les Spectacles font bons
& permis s'ils font accompagnés de précau-
tions & de circonftances néceffaires.

Le Fameux Balde parle ainfi, *Joculatores
&c. lege 11, § ait Prætor ff. de his qui notantur infamiâ*. Les Comédiens qui jouent d'une
manière honnête, ou pour fe divertir, ou
pour délaffer les autres, & qui ne font rien
contre les bonnes mœurs, ne font point réputés infâmes.

H

Je ferais curieux de favoir fi lui - même
n'a pas tiré de fon Imprimeur le falaire de
fa Brochure cynique. Depuis le premier
rang jufqu'au dernier, tous tirent le fruit de
leurs peines. Un Particulier brigue la Ma-
giftrature ou tel autre grade , la perd fouvent par une avidité trop mercénaire, heureux fouvent d'être échappé à la fureur
d'une populace effrénée. Le Marchand,
pour doubler fon gain, prodigue des éloges
à fon Acheteur idiot, imbécile : il ne le
ferait pas fans l'efpoir de vendre fa mar-
chandife. L'Officier expofe fa vie à prix
d'argent : ferait de même que les Gladia-
teurs de l'antiquité, fans le frivole préjugé
qui fait ruiner le Gentilhomme pour fa
Patrie, par l'efpoir flatteur d'un grade

St Thomas dit, *Quod ficut dictum eft &c.*
ibid. L'emploi des Comédiens établis pour
donner aux Hommes une récréation honnête,
n'a rien felon moi qui mérite d'être défendu,
& je ne les crois pas en état de péché. . . . .
. . . . Je crois, pourfuit-il, que ceux qui les
paient & les affiftent avec modération ne pé-
chent point, & qu'ils font même une action
de juftice, puifque c'eft leur donner la récompenfe de leur travail, &c.

éminent qui le dédommage (lorfqu'il a le
bonheur de l'obtenir) de l'héritage de fes
ayeux. Un noble Campagnard, pour obtenir le gain d'un procès dont la perte le
mettrait dans le fein de la misère, ne trouve point d'autre expédient pour s'en affurer
le fuccès, que de confeiller adroitement à
fa chafte moitié de céder aux luxurieux defirs d'un Rapporteur. Plus d'un Macron (a)
moderne, s'attacha un Galigula par les
charmes de fon Epoufe. Je vois cet ufage
affez généralement fuivi ; ô temps! ô
mœurs! Enfin les vertus & les vices s'achè-
tent au poids de l'or ; ce métal fait tout entreprendre, rend tout facile ; l'illuftre Suc-
ceffeur de la triple couronne fe laiffe éblouir
par des offres cupides ; les entrailles dorées
du Potofi, prodigalement offertes, diffipent
les difficultés innombrables qu'il avoit fait
d'abord. Il permet le divorce, faveur que
ne peut obtenir l'indigencieux ; il fe laiffe-
rait écrafer de la foudre du Monarque, qui
fe préfenterait fans ce métal, par excès

[a] Favori de Tibère.

de zèle, mais l'or anéantit les fcrupules, & lui fait bien vîte obtenir le confentement de celui dont il fe dit le Vicaire.

Les Sacrificateurs fubalternes & journaliers, moyennant dix fols, s'obligent à me rendre favorable tel ou tel Saint ; que je double le falaire, j'aurai dans ma manche tous les Saints des deux fexes, paffés, connus, inconnus.

L'Héréfiarque Auguftin, (a) indigné ainfi que fon Général (b) de l'affront fait à

(a) Martin Luther, Fils d'un Forgeron, né à Iflèbe, Comté de Mansfeld.

(b) Le Pape Léon X, ayant fait publier les indulgences, Jean Stoupits, Général des Auguftins, ordonna à Luther de prêcher contre les nouveaux Quêteurs. Pour donner une idée jufte de cet événement, il eft bon de favoir que le fiècle était alors fi groffier, que l'on croyait pouvoir racheter des années de fupplice avec un morceau de papier vendu à vil prix. Un commerce pareil ferait de nos jours d'un ridicule affreux. Mais alors onn'en était pas plus furpris qu'on ne l'eft en Orient, de voir les Bonzes & les Talapoints délivrer pour une obole, la rémiffion des crimes. Ce que je trouve d'admirable, c'eft que l'on affermait ces Bureaux d'indulgence, comme nos Bureaux de fortie & d'entrée ; ces Comptoirs fe tenaient dans des cabarets. Le Prédi-

fon ordre , qui les privait de commiffion de
recueillir les aumônes des indulgences ju-
biliaires , entraîna le Duché de Saxe , le
Royaume de Suède , celui de Dannemark
dans le parti de Jean Hus (a) dont il avait
adopté les maximes. Avide de groffir fa
fortune & fon pouvoir (de concert avec
Mélacton , Bucer & fes autres Difciples) il
permit à Philippe Langrave de Heffe ,

,, Faible d'efprit & robufte de foi.
de répudier fa première Epoufe (répudia-
tion concertée avec elle , car il la garda)

---

cateur , le Fermier , le Diftributeur, &c.
tous y gagnaient. Mais les Auguftins d'Allemagne , qui depuis longtemps avaient cette
marotte à Ferme , furent jaloux des Domini-
cains , auxquels elle fut donnée. Voilà , dit
Voltaire , la première étincelle qui embraza
l'Europe. Annal. de l'Emp. t. 2 , p. 133 ,
chofe qui ne ferait pas arrivée fans le gain im-
menfe que les Auguftins tiraient de ces pieufes
fourberies. Les richeffes de tout temps ont été
la paffion dominante des Hommes , & comme je l'ai déjà dit , on facrifie pour en avoir ,
père , mère , frère , parent , religion, honneur, bonne foi , & fort fouvent foi-même.

(a) Héréf. Rect. de l'Univ. de Prague , il fut
brûlé à Conftance avec fes livres le 16 Juillet
1415 , pendant la tenue du Concile.

& de convoler dans les bras de Marguerite
de Saal, Fille d'un Gentilhomme Saxon.
C'eſt ainſi que le Luthéraniſme ſe ſignala en
permettant la poligamie.

Le monde eſt un Théâtre, chaque perſonne y joue ſon rolle, & ſe trouve plus ou
moins payé ſelon l'importance du perſon-
nage qu'il repréſente, mais qu'il ne ferait
pas, s'il n'y avait point de ſalaire attaché.

Jouer la Comédie c'eſt s'avilir, & la
jouer encore pour de l'argent. (a) J'ai vu
à la Cour du Roi de Pologne, Duc de Lor-

(a) Les Comédiens ſont infâmes parce qu'ils
jouent pour de l'argent, les gens de condition
le ſont donc auſſi, car s'il eſt vrai que l'action
ſoit mauvaiſe en ſoi, qu'importe qu'elle ſe
faſſe avec gain ou ſans profit; elle ſera toujours
mauvaiſe, une circonſtance de plus ou de
moins ne ſaurait rendre bonne une action eſ-
ſentiellement mauvaiſe. Qu'un Homme du
premier rang, pour s'amuſer, s'aviſe d'aſſaſſiner, ne ſera-t-il pas puni comme celui qui
le fait croyant ôter par ce moyen la connaiſ-
ſance de ſes vols? Pourquoi ſerait-il puni?
c'eſt que cette action dégrade en elle-même
celui qui l'a faite, & que les loix divines &
humaines le défendent, ainſi ſi la Comédie,
comme elle de nos jours, était infâme & dangéreuſe, il ſerait auſſi mépriſable que ceux qui
en font métier; la conſéquence eſt ſûre.

raine & de Bar , (à qui j'ai eu l'honneur
d'appartenir l'espace de quatorze ans) j'ai
vu , dis-je , une partie des personnes qui
ornent ce séjour de la piété , représenter la
Comédie.

L'illustre éleve (a) du Chantre de la ligue
nous a fait exécuter plusieurs Opéras avec
le Vicomte de Rouen , Madame la Marquise de Boufflers , la Marquise de Bassom-
pierre sa sœur , le Baron de Lucé , le Mar-
quis d'Amenzaga , le Prince de Chimes ,
Mr de Mareuil (b) jouait la Comédie. Je
citerais toute la France , les pays étrangers
même. Louis le Grand n'a pas dédaigné
d'orner le Théâtre en exécutant l'entrée
triomphante de Thésée dans l'Opéra de ce
nom. Les Collèges , une fois l'année , donnent des pièces. Si la Comédie était en

---

[a]   Madame du Châtelet.
[b]   Fils du Chancelier , Homme charmant , de
la plus belle figure & de la plus haute espé-
rance , il était bréveté Colonel , Capitaine
d'une des Compagnies des Gardes du Corps,
& à la veille d'avoir la Croix ; en moins de
trois jours l'impitoyable mort le moissonna à
peine à son quatriéme lustre.

elle - même méprifable , tant de gens n'en
feraient pas leurs délices , & comme j'ai dit
plus haut , on ne mettrait pas des récompenfes pour encourager les Auteurs de
notre Théâtre ; & ailleurs on n'en ferait
pas l'ornement de la Solemnité des jours
les plus faints. Quel a donc été le deſſein
du Génevois de contrarier ? Il n'a percé ,
on le fait , qu'à la faveur de fa fingularité
bourue. L'incendiaire du Temple d'Ephè-
fe [a] eut été ignoré fans l'embrafement de
cette feptiéme merveille.

„ Suppofons , dit l'élégant Jean-Jacques
„ en parlant des Actrices , p. 168,
Qu'il en foit jufqu'à trois que l'on pouroit nommer
„ je veux bien croire là deſſus ce que je
„ n'ai jamais vu, ni oui dire. Appellerons-
„ nous un métier honnête , celui qui fait
„ d'une honnête femme un prodige, & qui
„ nous porte à méprifer celles qui l'exer-
„ cent , à moins de compter fur un miracle
„ continuel. “ On doit par ce raifonnement

(a) Eratoftrate ou Eroftrate, Homme obfcur
de cette Ville.

conclure

conclure que tout Homme que le fort a
fait naître en Normandie, eſt un Homme
fourbe & de mauvaiſe foi, hors de compter
ſur des miracles perpétuels qui ne détrui‐
raient pas encore le préjugé d'un tas de
ſots: cette mauvaiſe plaiſanterie ferait donc
le procès aux habitans des treize cantons ?
Un Homme plongé dans la réverie par
inadvertance, eſt ſurpris par quelqu'un qui
le fait appercevoir de ſon abſence, & lui
demande à quoi il rêvait, répond le plus
ſouvent [à rien.] L'Interrogateur lui ripoſte
galamment: ,, il n'eſt pas poſſible, Monſieur,
,, que vous rêviez à la Suiſſe.

Il en réſulterait donc que le corps entier
de la nation ferait un corps d'Automates;
c'eſt ce dont je ne conviens pas : j'en ai la
preuve. (a) l'eſprit eſt de tous les pays.

(a) J'en ai connu un dont le profond ſavoir a
mérité la confiance du Monarque des Lys,
maintenant Ambaſſadeur auprès d'une illuſtre
République. Le reſpect m'interdit de détailler
les belles qualités qui le décorent; cette carriè‐
re, quoique ſemée de fleurs, eſt un Dédale
pour une plume auſſi faible que la mienne.
N'imitons point le Fils téméraire de cet Archi‐
tecte fameux qui ſut cacher dans des allées

I

Ainſi ſelon le faux préjugé de Jean-Jacques, un Suiſſe Homme d'eſprit eſt un pro-

---

tortueuſes & ſavantes, l'infâme fruit de l'im-
pudique Fille de Minos. Il faut un Homère
pour chanter les Immortels. Il faut un Virgile
pour les grands Hommes.

Mr de Conſtant l'aîné, Capitaine au Régiment de ce nom, au ſervice de leurs Hau-
tes Puiſſances, honoré de ſon amitié pendant
ſon ſéjour à Tournay, eſt le ſecond garant
que j'offre pour démentir cette plaiſanterie cra-
puleuſe & baſſe, au ſervice de France,
Mrs de Chateau Vieux, Capitaine au Régiment de Diesbak, de la Cheau, Capitaine
au Régiment de Monin.

Je citerai un Jean-Pierre de Cronzas, célèbre Philoſophe & Mathématicien né à Lau-
ſanne. St François de Sales, célèbre par ſa
piété, & né à Sales, Diocèſe de Genève.
Gabriël Cramer, le plus grand Philoſophe de
notre ſiècle, né à Genève, mort en 1752,
ſes progrès dans les Sciences furent ſi rapides,
que dès l'âge de 19 ans, on lui donna une
Chaire de Mathématique. Murald, Auteur
des Lettres ſur les Français & les Anglais.
Jacques Bernoulli, célèbre Mathématicien,
né à Bale, où il profeſſa cet Art. Théodore
Bibliander, Profeſſeur de Théologie, mort à
Zurich. Iſaac Laſaubon, un des plus Savans
Hommes de ſon ſiècle, nâquit à Genève, ſa
profonde Erudition lui valut l'eſtime d'Henri
IV, & de Jacques Premier, Roi d'Angle-
terre. Chéſéaux, membre des Académies des
Siences de Paris, de Londres, &c.

dige. Un Normand & un Procureur (fyno-
nime adopté par le vulgaire) honnête Homme , prodige ! Un Français raifonnable
au printemps de fon âge , prodige ! Un Jé-
fuite franc, fincère, nullement vindicatif
& fouple , prodige !

P. 168, „ l'immodeſtie tient ſi bien à
„ leur état, & elles le fentent ſi bien elles-
„ mêmes , qu'il n'y en a pas une qui ne fe
„ crût ridicule de feindre au moins de pren-
„ dre pour elle les difcours de fageffe &
„ d'honneur qu'elle débite au public , de
„ peur que ces maximes févères ne fiffent
„ un progrès nuifible à leur intérêt." Cette
précaution n'eſt que pour celles qui n'ont
point de talent. Dans chaque état une partie eſt méprifable, les infâmes y tiennent
& n'y tiennent pas : il n'y a que les honnêtes gens qui font corps. Ce que j'aime dans
Jean-Jacques, c'eſt qu'en voulant prouver
une chofe , il fe détruife lui-même („ les
„ difcours de fageffe, d'honneur, &c. ") la
Comédie traite donc la morale la plus faine,
puifque les Actrices au fortir de l'avoir dé-

bité, prennent un air non nuifible à leurs
intérêts. En faut-il davantage pour prouver clairement combien eft abfurde le fyftême de Jean-Jacques Rouffeau?

Si chez les Romains le Théâtre eut été
une école de fageffe comme il l'eft de nos
jours, ou comme dans fon inftitution,
nous ferions comme dans la Grèce, les
premiers de l'Etat. (a) Il n'eft donc pas
deshonorant d'être Comédien, puifqu'on
ne débite au Théâtre que des maximes épurées.

(a) Tite Live dit que les Jeux fcéniques furent
introduits à Rome l'an 390, à l'occafion d'une
pefte qu'il s'agiffait de faire ceffer. [En 1350
on vit en Suabe la fecte des Flagellans renou-
vellée : pour la même chofe, on voyait des
milliers d'Hommes courir l'Allemagne en fe
fouettant avec des cordes armées de fer, pour
chaffer la pefte;] comment les Romains diffa-
maient-ils les Comédiens qui devaient leur
être facrés, puifqu'ils fervirent à leur rendre
les Dieux favorables ? Pourquoi eux-mêmes
s'expofaient-ils à repréfenter les Attelanes ou
Exodes ? n'étaient-ils pas diffâmes, fi l'Art
mérite de l'être ? L'Empereur Héliogabale
repréfentant le rolle de Vénus, fe fit voir nud
fur le Théâtre avec une impudence extrême.
L'habitude du vice & du crime ne diffâme-t-elle
que le petit peuple ? S'il y avait de l'infâmie

„ Je n'ai pas befoin (dit-il) de montrer
„ comme d'un état deshonorant naiffent
„ des fentimens deshonnêtes.

---

pour ceux qui repréfentaient journellement,
l'infâmie couvrait également ceux qui le faifaient pour leur plaifir. Une action méchante
ne perd point fa qualité, pratiquée par un
Homme de nom, ou il faut convenir que le
crime n'avilit que la canaille. Quoique Jean-
Jacques dife „ qu'il eft à propos quelquefois
„ que l'Etat encourage & protège des Pro-
„ feffions deshonorantes mais utiles, fans
„ que ceux qui les exercent en doivent être
„ plus confidérés pour cela.

Mais tant de gens refpectables jouent la
Comédie, qu'il n'eft pas poffible, fi cet Art
était infâme, qu'ils s'amufaffent de chofes
deshonorantes. Tant de gens d'efprit qui ont
confacré leurs veilles à Melpomène, auraient
pu faire la même remarque que le contemptible Génevois.

Ces lieux deftinés à la débauche, Temples
dédiés à la Déeffe des plaifirs, ne font-ils pas
tolérés ? ils le font fans contredit, mais ils
font néceffaires pour mettre à couvert la pudeur des Femmes refpectables, qui fe ver-
raient fans cela la proie de la brutalité du premier paffant. Mais voit-on, dites-moi, aux
coins des rues afficher comme les Comédiens,
quoique permis par les Magiftrats, Mde. Paris, Melle. telle, privilégiés du Roi ou des Magiftrats, procurent des victimes dévouées
aux plaifirs de la volupteufe jeuneffe.

Je crois que tout le crime de la Comédie

D'un Etat faint (j'en donnerai des exemples dont l'Hiftoire fourmille) naiffent fou-

---

confifte en ce qu'elle faifait jadis partie de la
Religion payenne. Dans les premiers temps
même de l'Eglife, les Prêtres, les Diacres,
les Miniftres des Autels repréfentaient des
Pièces en l'honnèur de St Jean, de St Etienne;
mais le St Siège voulant abolir cet ufage,
donna un décret [*Interdum ludifiant*, *&c. in*
3 decret. c. 10, tit. 1, cùm decorem domûs Dei]
il fallait attacher l'infâmie à ces fortes de Repréfentations pour les abolir. [On ne les a pas
aboli toutes, j'en vois journellement plus
d'une qui fe trouvent parfaitement analogues
à nos Comédies, mais la prudence m'oblige
à n'en pas donner les canevas,] le Digefte de
Juftinien [*ff. de his qui notantur infamiâ*] les
nomme infâmes, je le fais. Mais le même Digefte couvre d'infâmie, *Lege*, *qui ait Prætor*,
Lege genera, le Soldat qui s'enfuit du combat
de même qu'une jeune Femme qui fe marie-
rait avant l'année de fon deuil expiré. C'eft
felon moi tirer une mauvaife conféquence de
prouver la méchanceté d'une action, parce
qu'elle eft notée d'infâmie. St Cyprien, *lib.*
3 cap. 11, ne peut fouffrir que la même main
qui fert aux facrés Myftères, touche des car-
tes & des dés. Voyons - nous cette règle ob-
fervée? non, elle eft pourtant notée d'infâmie.

Les Cabaretiers jadis étaient auffi infâmes,
ils n'étaient pas reçus en témoignage, ils ne
pouvaient pas même intenter de procès, fuffe
pour être payé de leurs débiteurs, tant on
craignait de falir les Tribunaux en y parlant
d'une Profeffion fi honteufe: ils ont dans ce

rent des fentimens déshonnêtes. Ce n'eſt
pas la faute de l'Art que nous exerçons.

---

jour la qualité de Marchand de vin; ils deviennent Conſuls , Echevins.

Perſonne n'ignore que les Médecins furent
chaſſés de Rome comme infâmes : de nos
jours leurs Enfans rempliſſent des places con-
ſidérables dans la Robe, dans l'Epée & dans
l'Egliſe.

Pour prouver comme tout change , jettons
les yeux ſur l'ancienne Rome, nous voyons
le concubinage n'avoir rien de déshonorant
chez eux; de nos jours il eſt proſcrit, puiſqu'on avait donné au concubinage le titre de
licita conſuetudo : & quoique les Concubines fuſſent privées de tous les effets civils , &
que leurs Enfans ne fûſſent point ſoûmis à la
puiſſance paternelle, elles ne différaient cependant des Epouſes légitimes, que par la
dignité de l'Etat & par l'habillement. Les
Concubines étaient *loco Uxoris* , *&c. &c.*
Les Enfans n'étaient point appellés *Spurii*; &
quoiqu'ils ne fiſſent point partie de la famille
paternelle, leur état n'était point honteux, &
& ne les privait point du commerce des autres Citoyens; de nos jours ils en ſont banis.
C'eſt ce que nous trouvons très-clairement
expliqué dans une inſcription rapportée par
Grutter , p. 434 , & dans laquelle nous
voyons qu'un certain P. Paccius & Mamercia
Grapta ſa Concubine, firent élever ce monu-
ment à C. Mamercius Janvariut leur Fils naturel , & à leur Couſine qui n'eſt point nommée dans l'inſcription qui eſt conçue en ces

(il n'en eſt point de mépriſable) mais de la
corruption des mœurs, le germe vicieux
étant chez preſque tous les Hommes.

termes :
C. MAMERCIO. SP. F.
JANVARIO. Q. ÆD. PRÆT.
II VIR. Q. ET.
P. PACCIUS. JANVARIUS.
FILIO. NATURALI ET.
MAMERCIA. GRAPTI.
MATER. INFELICISS. FILIO.
ET. COGNATÆ. PIISSIMIS.
FECERUNT.

Le concubinage fut longtemps en uſage
chez les Romains, mais l'Empereur Léon
l'abolit entièrement par ſa Novelle 91, laquelle
n'eut lieu que dans l'Empire d'Orient. Tout
le monde ſait que la plûpart des Catholiques
de Bavière, d'Autriche, d'Hongrie, de
Bohème, demandèrent, en acceptant le
Concile de Trente, qu'on leur permit de
communier avec du pain & du vin. Les Prêtres à qui l'uſage avait permis de ſe marier
avant la clôture dudit Concile, demandèrent auſſi la permiſſion de garder leurs Femmes. Maximilien II follicite auprès du Pape
la liberté de ces deux points. Pie IV, à qui
le Concile avait abandonné la déciſion du
Calice, le permet aux Laïques Allemands,
& refuſe les Femmes aux Prêtres, mais enſuite on ôte le Calice aux Séculiers. Le Mariage, à l'égard des Prêtres, était-il plus criminel après la tenue du Concile qu'avant?
L'anéantiſſement de cet uſage me parait plutôt

Page

Page 169 , „ je ne m'étendrai pas fur
„ mille fujets de difcorde & de querelle
„ que la diftribution des rolles, le partage
„ de la recette , le choix des Pièces, la
„ jaloufie des applaudiffemens doivent ex-
„ citer fans ceffe . . . " comme fi le Comédien était un Etre différent des autres Hommes propriétaires des vices en général. Le
partage d'une fucceffion a mis plus d'une
fois les héritiers aux prifes : plus d'un aîné
a fait périr fon cadet pour être feul héritier:
la jaloufie a fait empoifonner plus d'un
mortel qui avait eu la préférence fur fon
rival : l'entêtement d'une opinion erronée
a caufé la défunion d'une partie des membres de l'Eglife. Ne fait-on pas que l'en-

dicté par le caprice que par la faine raifon ;
ainfi que la Communion donnée fous une autre efpèce que le pain & le vin. Un Prêtre qui
s'abandonne à l'impudicité eft noté d'infâmie
fans égard, s'il eft moins fragile que nous.
On abolit leurs mariages , non par principe
de Religion, mais par la crainte que les gros
Bénéfices ne devinffent héréditaires , fans
refléchir qu'en fuivant une auffi mauvaife politique , il en réfulterait une foule d'abomi-
nations dont les ennemis de notre augufte foi
fe fervent journellement pour nous détruire.

K

vie d'accumuler de nouvelles richeſſes , la jaloufie preſqu'inféparable de la Profeſſion des armes, des diſputes ſur le rang & la préféance, ſoit à la guerre ou dans les Conſeils d'Etat , mis la méſintelligence entre les Templiers & les Chevaliers de St. Jean de Jéruſalem , maintenant Maltais , malgré les ſages remontrances de Roger Deſmoulins , alors Grand Maître des Hoſpitaliers : cette milice intrépide qui s'était dévouée à la conſervation de la Terré ſainte , animée l'un contre l'autre pour des motifs indignes de leur Profeſſion, joignirent les effets à la menace ; leur haine éclata au point que les deux Ordres en vinrent aux mains ; ils ſe firent la guerre avec un acharnement incroyable, que l'autorité du Pape calma en apparence.

Jean de Bavière , Evêque de Liège , ſe bat contre un autre Elu ; enfin pour ſavoir à qui demeurera la Cathédrale de Liège ; la Ville eſt ſaccagée , & preſque réduite en cendres.

Cyriaque , Patriarche de Conſtantinople , meurt de chagrin de voir donner le nom d'Œcuménique aux feuls Evêques de Rome.

Alexandre VI , dont la mémoire doit être en horreur à tout vrai Catholique Romain , dévorait en efpérance la fucceffion du Cardinal Adrien Cornetto , le plus riche des Prélats ; (il avait des coffres remplis d'or) mais comme ce Vieillard vénérable vivait trop longtems à fon gré , il réfolut de l'empoifonner de concert avec fon Fils Céfar Borgia , qu'il avait eu étant Cardinal, de Vanota , Femme de Dominique Arimano. Le Pape invita Adrien à une Fête dans une Vigne voifine de Rome ; le poifon fut préparé dans une bouteille de vin dont on ne devait fervir qu'à ce Cardinal , mais le Pape & fon Fils étant arrivés avant lui dans ce jardin , & ayant foif, l'Echanfon , qui était feul dépofitaire du fecret , ne s'y trouvant pas , un autre Domeftique leur préfenta du vin de la bouteille empoifonnée : Alexandre en fentit bientôt l'effet : déjà avancé en âge , ruiné par fes

débauches paſſées, il ne put réſiſter longtemps à la violence du poiſon. ,, C'eſt ainſi
,, que mourut le Pape Alexandre VI, dont
,, les débordemens publics (dit le Père Da-
,, niel dans ſon Hiſtoire de France, 1 Ed.
,, t. 2, p. 721) les perfidies, l'ambition
,, déméſurée, l'avarice inſatiable, la cruauté
,, & l'irréligion en avaient fait l'exécration
,, de tout l'Europe, dans une place où l'on
,, ne devait être élevé que par les mérites
,, des Vertus contraires à tous ces horri-
,, bles vices.

Son Fils (dit-on) s'étant fait mettre
dans le ventre d'une Mule, réchappa. Jean
Gonzale de Caſtiglio, célèbre Prédicateur
Eſpagnol, eſt empoiſonné à l'Autel dans
une Hoſtie conſacrée, qu'une Dame lui fit
donner, tranſportée de fureur de ce qu'il
avait converti un Cavalier qu'elle aimait
éperduement.

Jean & Garcie, tous deux Fils de
Coſme, Duc de Florence, avaient conçu
l'un pour l'autre une haine dont on n'avait
jamais pu les faire revenir. Etant allés avec
leur Père à la chaſſe, ils prirent querelle,

& de concert s'éloignèrent de la fuite des Chaffeurs. Garcie plus heureux tua d'un coup de poignard fon Frère. Il rejoignit enfuite fon Père, fans faire paraître le moindre trouble, & comme s'il fe fut feulement égaré, il demanda ce qu'était devenu fon Frère. Comme ce jeune Prince ne paraiffait point, & que la nuit approchait, fes Officiers fe partagèrent pour le chercher. Après avoir couru tout le bois, celui qui était particulièrement chargé de fa conduite, le trouva enfin étendu par terre & noyé dans fon fang. Il courut porter cette affreufe nouvelle au Duc; ce Prince foupçonna fans peine d'où le coup était parti: il eut affez de force pour diffimuler. Il ordonna à cet Officier de tenir la chofe fecrette, & qu'à la faveur des ténèbres il lui apportât dans fon cabinet le corps du Cardinal enveloppé dans un tapis. Dès qu'il fut obéi, il fit appeller Garcie. Après s'être enfermé, il lui demanda ce qu'était devenu fon Frère, ce Prince lui répondit froidement qu'il l'avait perdu de vue dans la pourſuite du Cerf. Coſme lui commanda alors de lever le tapis qui couvrait le corps du Cardinal, dont les plaies dégoûtaient encore de ſang. A ce ſpectacle, le Duc ne pouvant retenir ſa colère & ſa douleur: mal-heureux, lui dit-il, voilà le ſang de ton Frère qui crie vengeance au Ciel contre toi. Faut-il que j'aie mis au monde un par-ricide, qui, par la perte de ſon Frère, s'eſt fait un chemin pour aſſaſſiner ſon Père même ? Garcie intimidé ſe jette à ſes pieds, & pour pallier ſon crime, il lui allégue que ſon Frère l'avait attaqué le premier, & qu'il n'avait ſauvé ſa vie que par ſa mort. Non, lui répondit ſon Père enflammé de colère, faible excuſe : il faut, lui dit il, que je venge moi-même la mort de l'inno-cent par la perte du coupable, & que tu rende la vie à celui de qui tu la tiens. En diſant ces paroles, il lui arracha le poignard dont il avait tué ſon Frère, & le lui enfonça dans le ſein.

Mainfroy, Fils naturel de l'Empereur Fréderic II, fut voir ce Prince qui était malade ، & fous les déhors d'une feinte tendreſſe , l'étouffa dans ſes bras en l'embraſſant.

Louis le Maure ، Uſurpateur du Milanois ، empoiſonneur de ſon Pupille Héritier naturel , un foufflet donné par l'Electeur de Brandebourg au Duc de Neubourg, excite une guerre ſanglante entre ces deux Princes, le motif était le partage de Clèves & de Juliers. Le Duc de Neubourg ſe fait Catholique pour avoir la protection de l'Empereur Mathias & du Roi d'Eſpagne , & l'Electeur de Brandebourg introduit le Calviniſme dans le pays pour animer la ligue proteſtante , en ſa faveur. De pareils changemens font bien voir combien la Religion ſert de prétexte aux politiques & aux ambitieux , que l'on s'en joue ، & comme on la ſacrifie dans le beſoin ، & fort ſouvent ſans néceſſité. La fameuſe diſpute agitée ſous le Pape Jean XXII; ſavoir ſi les Cordeliers avaient la propriété des choſes qu'on leur donnait dans le temps qu'ils en faiſaient uſage ; ſi le pain par exemple ;

leur appartenait lorfqu'ils le mangeaient,
ou au Pape ou à l'Eglife. Si leurs habits devaient être blancs, gris ou noirs. Si le ca-
puchon devait être pointu ou rond, large,
étroit, de ferge ou de drap. Ces queftions
frivoles occupèrent un longtems la Cour
de Rome ; & les difputes furent portées fi
loin entre les Frères Mineurs, qu'on en fit
brûler plufieurs comme s'il fe fut agi de
l'Etat entier de la Religion & de la Chré-
tienté. Boniface VII, Anti-Pape, fur-
nommé Francon, fait étrangler Benoît VI
dans la prifon. Après l'élection de Benoît VII, il s'enfuit à Conftantinople avec
les tréfors de l'Eglife, il revient enfuite, &
fait mourir Jean XIV ; mais le Ciel las de
fes crimes. le frappa du glaive de la mort:
fon corps fut traîné dans les rues de Rome.

Calvin, jaloux de Servet, le fait con-
damner à être brûlé vif, fous prétexte qu'il
blafphémait, & fait à cette occafion un
Traité, prouvant qu'on peut faire mourir
les Hérétiques, tandis qu'il était lui-même
dans le cas. Quoique l'élégant Editeur du
Dictionnaire

Dictionnaire historique de Mr de l'Avocat, dont l'article par hazard me tombe sous les yeux, veuille donner à entendre que cet emportement n'était qu'un reste de Papisme. Mais le fameux Arucinius, Théologien Protestant, n'eut-il pas la douleur d'être cité à la Haye pour rendre compte de sa doctrine? où se voyant accablé par la brigue, il mourut de désespoir. Ses Défenseurs furent condamnés au Synode de Dordrecht; on fit subir le dernier supplice à plusieurs de ses Disciples. Dira-t-on que c'était un reste de Papisme qui fut l'auteur de leurs Arrêts? tandis que ces Juges de sang étaient les plus zélés Défenseurs de la Religion réformée. (a)

(a) ,, C'est à regret (dit l'Editeur en parlant de ,, Luther) que nous sommes obligés d'avertir ,, que Mr de l'Avocat s'est éloigné dans cet ,, article, de sa modération & de son impar- ,, tialité ordinaire : que Luther étant sorti ,, d'un Couvent, on ne devait pas être ,, étonné qu'il eut conservé quelques maniè- ,, res monacales, & qu'il lui échappa en con- ,, versation & dans ses livres, des expressions ,, libres, peu mesurées : " correctif pitoya- ble pour pâlir sa hardiesse & ses emporte-

L

Je ne cite ces anecdotes au Sr Jean-Jacques que je fais fans livres (par le foin qu'il
a pris d'en inftruire fon Lecteur) que pour
l'avertir obligemment de ne point noircir
un Etat dont il n'a pas fujét de fe plaindre,
lui prêter tous les vices, & employer les
paradoxes les plus atroces pour le prouver.

Ce n'eft pas la faute des Comédiens fi
fes impertinences l'ont fait bannir de l'O-
péra. En fommes-nous refponfables ? c'eft
à fa préfomption infupportable qu'il doit
s'en prendre. Cet emportement frénétique
prouve bien la petiteffe de fon génie & le
peu de valeur de fa Brochure diffamante.

_____

mens. Il dit auffi au fujet de Servet, pour
juftifier Calvin : ,, que ce dernier croyait que
,, les Magiftrats étaient en droit de punir de
,, mort les Hérétiques , mais que c'était un
,, refte de Papifme ; que ce dogme eft faux,
,, contraire à l'efprit du Chriftianifme , que le
,, crime de Calvin n'eft pas celui de fa fecte,
,, qu'il ferait injufte de le reprocher aux Pro-
,, teftans : perfécuter eft le fyftême de l'E-
,, glife de Rome. " Mais s'il rejette réellement la perfécution , & qu'il n'y ait que l'E-
glife Romaine qui fuive ce fyftême , ceux qui
compofaient le Synode de Dordrecht, devaient donc ménager un peu plus le fang des
Difciples d'Arminius.

Enfin, fi le partage d'une recette, le choix des rolles, la jaloufie des applaudif-femens excitent parmi nous des querelles, qu'il n'en accufe que la nature. Quoiqu'il ne foit pas Comédien, s'il voulait avoir la complaifance de fe confulter, il verrait fans peine que je n'ai pas tort, mais je lui crois trop d'amour propre pour fe donner cette peine. Nous dépouillons ordinaire-ment les autres pour nous décorer des Ver-tus qu'ils poffèdent, & nous leur donnons fans rougir les vices que la bonne opinion que nous avons de nous-mêmes, nous cèle à nous feuls. p. 170, ,, défendre au Co-,, médien d'être vicieux, c'eft défendre à ,, l'Homme d'être malade. Mais avec fa per-miffion, j'ai connu des Hommes à qui l'on aurait fait en vain cette défenfe, car ils ne l'avaient jamais été & n'exiftent plus : tout a fa fin, telle eft la condition des Etres. Il eft des Comédiens vertueux, puifqu'il y a eu des Hommes qui n'ont jamais été ma-lades. A fuivre ftrictement fa comparaifon, je fuis d'un autre avis, moi. Par exemple, défendre à Jean-Jacques de radoter con-

tinuellement, c'eft défendre à l'Aftre brillant qui nous éclaire, de pourfuivre fon
cours annuel. Les fots font incorrigibles,
& c'eft en vain que Frèron, l'élégant Arif-
tarque de la France le perfiffle dans fes
feuilles périodiques, depuis leur naiffance;
rien ne peut pénétrer fon épais intellect.

La bonne opinion qu'il a de lui-même,
le rend tel que cet animal immonde qui
préfère pour fe vautrer l'ordure & la fange,
au plaifir de fouler l'herbe fraîche & fleurie
nouvellement baignée des pleurs de l'A-
mante de Tithon.

Pour me fervir contre lui de tous mes
avantages, dès que le Luthéranifme & le
Calvinifme parurent en France, ceux qui
l'avaient embraffé furent longtemps perfé-
cutés. Louis XIV enfin, les bannit infâ-
mement, plufieurs fubirent les derniers
fupplices. J'en connais qui n'étant pas fortis
du Royaume, jeunes encore, dans le
temps de l'Edit, furent pris dans des lieux
où ils faifaient leur prêche, & conduits aux
galères. Le temps de leur captivité expiré,

ils furent chaſſés du Royaume. Au Nord
de la France , un Proteſtant n'oſerait
avouer ſa Communion, il ſerait aſſaſſiné
par la populace. Un Luthérien , un Calvi-
niſte honnête Homme eſt donc un coquin?
il doit être en horreur parce qu'il eſt noté
d'infâmie chez les Catholiques. Non , non,
l'Homme véritablement Religieux , eſt,
ſelon moi , celui qui chérit les Vertus &
qui les pratique , en un mot , c'eſt

„ . . . . Celui dont la bouche
„ Rend hommage à la vérité,
„ Qui ſous un air d'humanité
„ Ne cache point un cœur farouche ;
„ Et qui par des diſcours faux & calomnieux,
„ Jamais à la Vertu n'a fait baiſſer les yeux [a]

Cet Homme peut être Catholique, Cal-
viniſte , Amériquain , Arabe , &c.

P. 170. „ s'enſuit - il de là qu'il faille
„ mépriſer tous les Comédiens ? il s'enſuit
„ au contraire qu'un Comédien qui a de la
„ modeſtie, des mœurs, de l'honnêteté &c.
„ eſt , comme vous l'avez bien dit , dou-
„ blement eſtimable , puiſqu'il montre par

_____

[a] Le célèbre Rouſſeau, Ode 1 , Strop. 3,
t. 1 , p. 4.

„ là que l'amour de la Vertu l'emporte en
„ lui fur les paffions de l'Homme & fur
„ l'afcendant de fa Profeffion. Le feul tort
„ qu'on lui peut imputer eft de l'avoir em-
„ braffé, mais trop fouvent un écart de
„ jeuneffe décide du fort de la vie; &
„ quand on fe fent un vrai talent, qui peut
„ réfifter à fon attrait ? Les grands Acteurs
„ portent avec eux leur excufe ; ce font les
„ mauvais qu'il faut méprifer.

Ces grands Acteurs doivent l'être fi la
Comédie eft méprifable ; il n'eft point de
voleur honnête, d'affaffin vertueux, de
Phriné pudique. Si fon état eft aviliffant, il
ne peut être vertueux ; l'amour de la Vertu ne pouvant s'accorder avec fon état, il
eft impoffible qu'elle l'emporte fur l'afcendant de fa profeffion. En quelque fituation
qu'un honnête Homme fe trouve, il fe gar-
dera bien d'embraffer un état deshonorant,
c'eft une tache qui refte & que le temps ne
peut jamais effacer ; quelque talent qu'il
ait, à quelque dégré de fupériorité qu'il
atteigne, il ne pourra le mettre à l'abri de

l'infâmie. Si les mauvais Acteurs sont méprisables, les bons doivent l'être si l'état
est tel : la médiocrité d'un talent ne peut
avilir celui qui l'exerce.

Cartouche, Ravaillac, Jacques Clément doivent donc être estimés? leur crime conservé à la postérité (suite ordinaire
d'une action d'éclat) la postérité, dis-je,
doit donc les vénérer comme des Hommes
illustres : n'importe que l'action soit atroce,
dès qu'elle est téméraire & qu'elle est intré-
pidement exécutée. On verra leur nom
dans notre Histoire ; à la place d'assassins
exécrables, de monstres vomis par les En-
fers, nos Historiens après avoir parlé de
leur attentat, termineront ainsi le catalogue
de leurs iniquités : il est vrai qu'ils ont
commis de grands crimes, mais ces grands
crimes en ont fait de grands Hommes ;
ainsi, il n'y aura donc que les voleurs &
assassins médiocres qui seront réputés méprisables.

Un Christiern II, Néron du Nord,
monstres toujours souillés de sang, un Hen-

ri VIII , fléau de fon fiècle ,, defpótique
,, avec brutalité (*a*) furieux dans fa colère,
;, barbare dans fes amours, meurtrier de fes
,, Femmes, tyran capricieux dans l'Etat &
,, dans la religion '' feraient donc préféra-
bles à un Clovis II, fils de Dagobert I,
Père du peuple (*b*) à un Dagobert II, dit
le Jeune, fils de Sigebert III, dont le
gouvernement pacifique & la piété le ren-
dirent les délices de fes Sujets.

[*a*]   Annales de l'Emp. par Mr de Volt. t. 2
p. 140.
[*b*]   Clovis II ou Louis I, dans un temps de famine , fut à St Denis (après avoir épuifé fes
coffres) & fit enlever de cette Eglife , les la-
mes d'or & d'argent dont fon Père Dagobert,
Inftituteur de ce Couvent, avait fait couvrir
les tombeaux du St & de fes compagnons. Il
rompit lui-même un des bras du St Protecteur
de la France. On dit qu'il devint enragé &
hors de fens [calomnie atroce] mais Mr du
Tillet dit fort judicieufement , que c'était les
Prêtres qui avaient fait courir ce bruit, crainte
que cette action ne paffât en habitude à fes
Succeffeurs ; mais que pour lui , il ne peut
blâmer cette action , en difant que les Reli-
ques avaient été fouvent vendues pour fub-
venir à la néceffité des Pauvres dans des
temps défaftreux , & que fi ces Saints vi-
vaient, il ne doutait pas qu'ils ne fe vendif-
fent pour foulager les malheureux.

Si

Si dans l'Etat comique il se trouve d'honnêtes gens, l'Etat est respectable : une Profession infâme ne peut être pratiquée que par des malheureux sans mœurs & sans sentimens. Enfin, si la Comédie était nuisible aux bonnes mœurs, n'est-il pas des gens assez éclairés pour la défendre & en faire sentir les abus ? aurions - nous besoin du Génevois pour nous réformer ? les Auteurs encouragés par le Monarque, travailleraient-ils avec tant d'amour à procurer des nouveautés au public ? ce serait donc aux Auteurs qu'il faudrait s'en prendre ; mais non : le Roi ne pensionnerait pas les Spectacles si les Spectacles étaient le Temple des vices : il punit les assassins, les bandis, les usuriers, &c. il eut mis la Comédie du nombre : une Académie ne l'approuverait pas, & les Comédiens de Paris ne feraient point nombre dans leurs assemblées. Il faut être Jean-Jacques Rousseau pour avoir osé blâmer le Spectacle moderne. Non, la lecture entière de l'Héroïne de Domremi (a) ne pourrait expier tant d'audace.

_____

(a) La Pucelle d'Orléans, Poëme pitoyable de Chapelain.

M

P. 180 „ foyez fûr que plufieurs perfon-
„ nes vont fans fcrupule aux Spectacles de
„ Paris, qui ne metteront jamais le pied à
„ Genève, parce que le bien de la Patrie
„ leur eft plus cher que leurs amufemens.‟

A Paris, on a donc le Privilège de mal
faire? La Comédie tranfportée à Genève
fera la même que dans tout autres Villes;
je ne vois pas ce qui la rendrait plus dangéreufe que dans la Capitale de ce Royaume. On eft donc vertueux à Genève & vicieux à Paris? . . . c'eft ce qu'il veut faire
entendre. Mais pourquoi lui - même fré-
quentait-il la Comédie? ferait - il dans le
cas du Prédicateur; qui dit à fon Auditoire
de faire ce qu'il dit & non pas ce qu'il fait.
Peut-on défendre une chofe, l'avilir, &
en avoir joui: mauvais exemple pour une
République, qu'il faut convaincre, non de
paroles, mais d'effets.

„ Où fera l'imprudente Mère qui ofera
„ mener fa fille à cette école dangéreufe?
„ combien de Femmes refpectables croi-
„ raient fe deshonorer en y allant? Pour lui

prouver que cette école n'eft pas fi dangéreufe, il faut que je lui cite ce que dit l'Abbé d'Aubignac dans fon Traité de la Pratique du Théâtre, t. 1, p 3 ; „ il ne faut pas
„ qu'on s'imagine que les Spectacles ne
„ puiffent donner qu'une fplendeur vaine
„ & inutile. C'eft une fecrette inftruction
„ des chofes les plus utiles au peuple, &
„ les plus difficiles à lui perfuader. Car
„ pour les Spectacles où font imprimées
„ quelques images de la guerre, ils accoû-
„ tument peu à peu les Hommes à manier
„ les armes ; ils leur rendent familiers les
„ inftrumens de la mort, & leur infpirent
„ infenfiblement la fermeté de cœur contre
„ toutes fortes de dangers & de périls: d'ail-
„ leurs, la vanité gagne fouvent fur l'ef-
„ prit humain ce que la raifon ne pourrait
„ peut-être pas obtenir ; & cette jaloufe
„ humeur dont il ne fe peut dépouiller, y
„ fomente continuellement je ne fais quel
„ defir de vaincre qui l'anime, l'échauffe,
„ & qui l'emporte au-delà de fes faibleffes
„ naturelles. D'où vient que la gloire qu'un

„ autre reçoit pour avoir fait quelque hon-
„ nête action en public . & le récit éclatant
„ des Vertus héroïques de ceux-là mêmes
„ qui ne font plus . nous donnent toujours
„ quelque préfomptueufe croyance que
„ nous fommes capables d'en faire autant ?
„ cette préfomption devient incontinent
„ après envieufe : cette envie qui tient plus
„ de la bonne émulation que de la mali-
„ gnité , produit en nous un noble defir
„ d'acquérir l'honneur que nous ne pouvons
„ refufer aux autres , & ce noble defir de
„ les imiter nous élève le courage à tout
„ entreprendre pour en venir à bout.

„ Pour les Spectacles qui confiftent au-
„ tant dans les difcours que dans les actions,
„ comme furent autrefois les difputes de
„ Théâtre entre les Poètes Epiques ou
„ Dramatiques . ils font non feulement
„ utiles , mais abfolument néceffaires au
„ peuple pour l'inftruire . & pour lui don-
„ ner quelque teinture des Vertus morales,
„ Les efprits de ceux qui font du dernier
„ ordre & des plus baffes conditions d'un

,, état , ont fi peu de commerce avec les
,, belles connaiffances , que les maximes
,, les plus générales de la morale leur font
,, abfolument inutiles ; c'eft en vain qu'on
,, les veut porter à la Vertu par un difcours
,, foûtenu de raifons & d'autorités ; ils ne
,, peuvent comprendre les unes , & ne veu-
,, lent pas déférer aux autres , &c. . . . . .
,, Toutes ces vérités de la fageffe font des
,, lumières trop vives pour la faibleffe de
,, leurs yeux. Ce font des paradoxes pour
,, eux qui leur rendent la Philofophie fuf-
,, pecte & même ridicule : il leur faut une
,, inftruction bien plus groffière. La raifon
,, ne les peut vaincre que par des moyens
,, qui tombent fous les fens , tels que font
,, les belles Repréfentations de Théâtre
,, que l'on nomme véritablement l'école
,, du peuple.

,, La principale règle du Poème drama-
,, tique eft que les Vertus y foient toujours
,, récompenfées, ou pour le moins toujours
,, louées , malgré les outrages de la for-
,, tune , & que les vices y foient toujours

,, punis, ou pour le moins toujours en'hor-
,, reur quand même ils y triomphent. Le
,, Théâtre donc étant ainſi réglé, quels
,, enſeignemens la Philoſophie peut-elle
,, avoir qui n'y deviennent ſenſibles? c'eſt
,, là que les plus groſſiers apprennent que
,, les faveurs de la fortune ne ſont pas de
,, vrais biens quand ils y voient la ruine de
,, cette royale famille de Priam. Tout ce
,, qu'ils entendent de la bouche d'Hécube
,, leur ſemble croyable, parce qu'ils en
,, ont la preuve devant les yeux.

,, C'eſt là qu'ils ne doutent point que le
,, Ciel ne puniſſe les coupables par l'hor-
,, reur de leurs forfaits, quand Oreſte boure-
,, lé de ſa propre conſcience y fait ſes plain-
,, tes & paraît publiquement agité de ſa
,, fureur. C'eſt là que l'ambition paſſe de-
,, vant eux comme un grand mal, quand
,, ils conſidèrent un ambitieux plus tra-
,, vaillé par ſa paſſion que par ſes ennemis;
,, violer les loix du Ciel & de la Terre, &
,, tomber en des malheurs inconcevables,
,, pour avoir trop entrepris. C'eſt là qu'ils

„ reconnaiſſent l'avarice pour une maladie
„ de l'ame quand ils regardent un avari-
„ cieux perſécuté d'inquiétudes continuel-
„ les, de ſoins extravagans & d'une indi-
„ gence volontaire au milieu de ſes richeſ-
„ ſes. Enfin, c'eſt là qu'un Homme ſup-
„ poſé les rend capables de pénétrer dans
„ les plus profonds ſentimens de l'huma-
„ nité, touchant au doigt & à l'œil, s'il
„ faut ainſi dire, dans ces peintures vivan-
„ tes des vérités qu'ils ne pourraient con-
„ cevoir autrement. Mais ce qui eſt remar-
„ quable, c'eſt que jamais ils ne ſortent du
„ Théâtre qu'ils ne remportent, avec
„ l'idée des perſonnes qu'on leur a repré-
„ ſentées, la connoiſſance des Vertus &
„ des vices dont ils ont vu les exemples,
„ & leur mémoire leur en fait des leçons
„ continuelles qui s'impriment d'autant
„ plus avant dans leurs eſprits, qu'elles s'at-
„ tachent à des objets ſenſibles & preſque
„ toujours préſens, &c. . . . .
„ Il faut bien certes que les Spectacles
„ ſoient très-importans au gouvernement

„ des Etats, puifque la Philofophie des
„ Grecs & la majefté des Romains ont éga-
„ lement appliqué leurs foins pour les ren-
„ dre vénérables & éclatans. Ils les rendi-
„ rent vénérables en les confacrant tou-
„ jours à quelques-uns de leurs Dieux , &
„ les mettant fous la charge des premiers
„ Magiftrats. (a)"

Cet Extrait de l'excellence du Théâtre
& de fon utilité , détruit abfolument l'épithète infolente d'école dangéreufe qu'il lui
donne. Mais fi le Théâtre était comme il
le dit , on ne devrait y voir que des débauchés , des libertins : je puis le convaincre
aifément à cet égard. Combien de pieufes
perfonnes penfionnent des Comédiens.
L'Evêque de Liège va aux Spectacles, les
protège,& n'irait pas ainfi que fon Collège,
fi la Comédie n'était de nos jours une école
de Vertu & de fageffe. L'illuftre Grand
Maître de l'Ordre Teutonique a eu fort
longtemps une troupe à lui , & l'aurait encore fans les troubles de Weftphalie. Le

(a) *Xiphil in Adrian.*

Légat

Légat d'Avignon fréquente les Spectacles.
A Rome ils sont autorisés, permis ainsi
que dans toute l'Italie: (j'en ai dit quelque
chose) toutes les Cours en ont, & comblent
les Acteurs de bienfaits. A la Cour de
Louis le Grand, les Evêques, les Cardi-
naux, les Nonces du Pape ne faisaient pas
de difficulté d'assister aux Pièces ; & il n'y
aurait pas moins d'imprudence que de folie
de conclure que tous ces grands Prélats
étaient des impies & des libertins, puis-
qu'ils autorisaient le crime par leur présence.

Alexandre Piccolomini, Archevêque
célèbre de Patras, joignait à l'étude des
Belles-Lettres, de la Physique, des Ma-
thématiques, de la Théologie, une vie
exemplaire & des mœurs innocens. Il com-
posa plusieurs Pièces de Comédie qui lui
acquirent une grande réputation. Ce vertueux Prélat se fut bien gardé de salir sa
plume en donnant des Pièces aux Comédiens, s'il eût été persuadé que le Théâtre
est une école dangéreuse, proscrite par les
bonnes mœurs. Ce fut à la sollicitation de

N

l'illuftre de Richelieu , que Saint Sorlin compofa des Pièces de Théâtre. Ce fage Miniftre, la gloire de la France, qu'en vain l'envie a tâché de noircir , en connaiffait mieux l'importance & l'efficacité que notre Devin champêtre , que par pitié j'épithète de petit atôme littéraire.

Mais je ne fais pas attention que les exemples que je viens de citer au Génevois, qui eft Calvinifte , font des armes dont il voudrait fe fervir contre moi (mais que je redoute peu) n'adoptant pour perfonnes eftimables que celles de fa Religion, les Vertus felon lui n'étant pratiquées que par les infâmes Difciples de Farel & de Viret. Mais fi nos Pièces font tellement épurées qu'elles jettent de l'ennui dans l'Auditoire, & qu'il vaut autant aller au Sermon, je ne vois pas où ferait l'imprudence d'une Mère qui menerait fa Fille à la Comédie ; ce ne ferait que différencier le genre d'ennui; pour moi je ferais d'avis de l'y mener pour l'en dégoûter.

On ne fe douterait pas à qui il donne la

préférence fur la Comédie. Aux cercles,
mot élégamment inventé pour défigner
avec plus de décence celui de tabagie ou
d'afile de crocheteurs, il prétend même
qu'il ne faut pas être Philofophe pour donner à de femblables coteries le nom de
corps de garde, parce qu'on y refpire un
peu l'odeur du tabac. ,, On s'y enyvre (dit-
,, il) on y joue, on y foupe, &c. . . . . . .
,, l'excès du vin n'eft pas un crime'': ô Ciel!
peut-on, fans rougir, avancer un paralo-
gifme auffi révoltant ? fophifme pour fophifme, j'aimerais autant dire qu'affaffiner
fon femblable foit un acte de probité, méritoire même aux yeux du Créateur. Pré-
fomptueux Philologue, qu'ofe-tu avancer?
(le théorème eft indémontrable) ,, il en fait
,, rarement commettre. . . . .
,, ... Le vin ne donne pas de la
,, méchanceté, il la décèle. Celui qui tua
,, Clitus dans l'yvreffe, fit mourir Philotas
,, de fang froid. Si l'yvreffe a fes fureurs,
,, quelle paffion n'a pas la fienne ? La dif-
,, férence eft que les autres reftent au fond

„ de l'ame, & que celles-là s'allument &
„ s'éteignent à l'inftant. A cet emportement
„ près, qui paffe & qu'on évite aifément ∘
„ foyons fûrs que quiconque fait dans le
„ vin de méchantes actions, couve à jeun
„ de méchans defseins. "

Voilà ce qui s'appelle vouloir dorer la
pilule, & tirer la quinteffence d'une méchante caufe. Pour moi, qui n'aime la ba-
chique liqueur qu'autant qu'elle eft néceffaire à ma fanté, comme tout galant Homme, j'aurai l'honneur de répondre à cette
impudence (duffai-je me brouiller avec les
Partifans de Silène) que de toutes les paffions, je n'en connais pas de plus baffe &
de plus crapuleufe ; elle rend l'Homme
plus méprifable que l'infecte qui rampe
fous l'herbe, puifque ce vice entraîne tous
les autres. Le devoir de l'Homme le plus
noble, eft fans doute de travailler à fe rendre
maître de lui-même (par lui-même, j'entens
les paffions où le mortel le plus parfait eft
expofé :) qui les pallie ? la raifon, ce feu
divin qui l'élève au-deffus de lui-même

lorfqu'il fait l'écouter , & que l'excès du
vin lui fait perdre. Le vainqueur de Darius
fit périr Philotas de fang froid ; s'il l'eut été
lorfqu'il tua fon favori Clitus , il ne l'aurait
pas fait. Le regret qu'il en eut , rend témoignage que le vin feul fut l'auteur de
cette violence. Sans l'excès de cette liqueur
traîtreffe , il n'eut pas immolé celui qu'il
chériffait le plus : on fait que fon humeur
pétulante, fecondée du vin , le porta à des
excès affreux qu'il ne couvait pas à jeun. Il
expira à Babylone : une gageure qu'il fit
avec un de fes Lieutenans , de boire autant
que lui , le mit au tombeau , fin glorieufe.
Winceflas , Fils aîné de Charles IV , ne
commet que des actions de barbarie. (a)
Dans fes accès de fureur , il fait jetter dans
la Moldaw , Jean Népomucène, parce qu'il
n'avait pas voulu lui révéler la confeffion
de la Reine fa Femme. Il marchait dans
les rues accompagné du bourreau , & il fai-

_____

(a) C'eft (dit Voltaire, Annales de l'Emp. t. 2 ,
p. 32) un effet que les excès du vin & même
des alimens , font fur beaucoup plus d'Hommes qu'on ne penfe.

fait exécuter fur le champ ceux qui lui dé-
plaifaient. On remarqua qu'un matin qu'on
alla chez lui pour conférer des affaires de
l'Eglife, il était déja mort yvre. Pierre le
Grand, Czar de Mofcovie, fait pour la
gloire de l'humanité : on dit que dans les
derniers temps de fon règne, au fortir d'une
débauche, s'amufait pour fe récréer à maf-
facrer fes favoris les plus chers. Il faifait
jetter des Hommes par fes fenêtres, &
riait aux cris des malheureux à qui le hazard fauvait la vie aux dépens d'un bras ou
d'une jambe fracaffée. Ce fut dans un excès
de vin qu'il fit mourir fon Fils dans les
tourmens les plus affreux ; s'il eut été naturellement cruel, obéi comme le font les
Empereurs des Ruffes, il eût pû de fang
froid jouir des mêmes fcènes ; il n'avait
qu'à vouloir.

Les premiers effets du vin ont expofé un
Père aux regards d'un Fils, dans un état
que la décence ne me permet pas de dire.
Le vin rendit Lot inceftueux. . . . . . .
. . . . J'aurais trop d'avantage à pourfui-

vre ; mes cheveux fe hériffent d'effroi , en rappellant à ma mémoire les crimes affreux de nos Pères , caufés par le feul excès du vin. (a)

„ Partout (pourfuit Jean-Jacques) les „ gens qui abhorrent le plus l'yvreffe , font „ ceux qui ont plus d'intérêt à s'en garan- „ tir. " Connaître le danger d'une chofe , & l'éviter , caractérife le grand Homme. „ En Suiffe (continue Rouffeau) elle eft „ prefque en eftime; " je le crois fans peine, auffi eft-elle la première Vertu du Citoyen, fi l'on peut placer l'yvrognerie au rang des perfections philofophiques. (b) „ A Naples

___

(a) „ La vigne [difait Anacharfis , fameux „ Philofophe Scythe] porte trois fortes de „ fruits , l'yvreffe , la volupté & le repentir : „ & que celui qui eft fobre en fon parler, en „ fon manger & en fes plaifirs , a le caractère „ d'un parfaitement honnête Homme, &c. " maxime digne du vrai fage.

(b) On me fera la grace de croire que ce n'eft pas par efprit de préjugé que je parle ainfi. Je n'ai garde de tomber dans l'erreur méprifable de Jean-Jacques. J'ai déja dit qu'il n'y avoit que les honnêtes gens qui faifaient corps, & je fuis incapable de me démentir lorfqu'il s'agit de la vérité : en ceci je ne parle que de la groffière canaille ; je crois l'avoir affez

„ elle eſt en horreur : tout ce qu'on a raiſon
„ de blâmer en chaire ne doit pas être pu-
„ ni par les loix. "

La Religion nous apprend à mépriſer les
vices , les loix doivent les punir ; & ces
mêmes loix étant émanées de la Religion,
il eſt impoſſible qu'elles les tolèrent.

P. 233 , parlant des Comédiens „ & je
„ dis que ſi nous les honorons comme vous
„ le prétendez , dans un pays où tous ſont
„ à peu près égaux , ils ſeront les égaux de
„ tout le monde , & auront de plus la fa-
„ veur publique qui leur eſt naturellement
„ acquiſe. "

Eſt-il poſſible qu'étant auſſi mépriſables
que Jean - Jacques Rouſſeau veut le faire
entendre, ils obtiennent la faveur publique,
récompenſe des honnêtes gens. Mais s'ils
ſont vertueux , ils la méritent ſans contredit , pourquoi leur vouloir ravir l'unique

---

prouvé. L'impoſture n'eſt point l'idole que
j'encenſe ; mon ame eſt trop noble , & ne
ſe laiſſera jamais entraîner au torrent vulgaire,
tant qu'un ſoufle de l'immortel l'animera : j'en
fais vanité,

ſalaire

falaire des ames vertueufes ? S'il en eſt
de méprifables, l'exemple des gens ran-
gés eſt le cas que les perſonnes eſtimables
feront des premiers, entraîneront indu-
bitablement les derniers ; ils parviendront
peut-être à les imiter ; ils en prendront
les dehors : l'apparence fauvée tout eſt
bien. p. 235 „ les Elections, dit-il,
„ fe feront dans les loges des Actrices,
„ & les Chefs d'un peuple libre feront
„ les créatures d'une bande d'Hiſtrions.
„ La plume tombe des mains à cette
„ idée; (*a*) qu'on l'écarte tant qu'on

[*a*] A cette impoſture, dictée par la noirceur,
je m'arme de la mienne pour répondre à cette
impudence atroce. Le mot d'Hiſtrion eſt dé-
placé, je lui en ai donné aſſez de preuve ;
la Comédie doit fa naiſſance à la Grece. Ceux
qui exerçaient cet art, étaient honorés ; ils
doivent l'être encore. On défend de lire la
Bible en langue vulgaire, crainte que de fauſſes
interprétations, malheur qui n'eſt que trop
arrivé, ne la corrompent. Des impies ont
trouvé dans ce livre facré des armes qu'n'ont
que trop pénétré. La piété indignée s'eſt éxilée
du féjour des enfans des hommes en proie
à l'erreur : faut-il diffâmer la Bible ? non,
il n'eſt point de fource ſi pure) Manif. d'Henri
IV. contre la Reine Marg.) „ qui dans une

O

,, voudra, qu'on m'accufe d'outrer la pré-
,, voyance, je n'ai plus qu'un mot à di-

,, longue courfe ne mêle de la bourbe au criftal
,, de fes eaux. Eft-il rien (Horace, l. 3. od. 6.)
,, de fi parfait que le têms n'altere infenfible-
,, ment? Nos pères étaient plus méchans que
,, nos ayeux ; nous fommes plus corrompus
,, que n'étaient nos pères , & nous laifferons
,, des enfans encore plus vicieux que nous. ''
Il fe trompe encore une fois ; cette infolente
épithète n'eft fynonyme qu'avec bâteleur :
c'eft en vain qu'il veut englober l'état de Comédien ; avec celui de Farceur ou d'Hiftrion ;
il ne peut nous choquer étant faux ; on me
dira qu'il n'y a que les vérités qui offenfent:
mais je repondrai que la calomnie révolte ,
& fi l'on trouve trop de fiel dans mes difcours ,
qu'on ne l'impute qu'à la grandeur de mes
fentimens , & à la baffeffe de mon Adverfaire.
Lui-même s'eft bien emporté fur le mot Secte,
en parlant à fon Ami ? les mouvemens de la
nature me feraient - ils interdits ? & fera-t-il
le feul qui pourra donner carrière à fon humeur acariâtre à contre têms , & moi me
taire ayant raifon ? non , les apprêts même
des fupplices font incapables de me faire chan-
ger lorfque je n'ai point tort , au milieu des
tortures , aux portes du trépas,

Je ne crains point la Mort & j'en fais vanité ,
Un fentiment fi bas flétrirait ma fierté :
Le lâche la redoute , à l'aproche il fuccombe....
Le grand cœur ne la fent que dans l'inftant
      qu'il tombe.

Pour terminer enfin , qu'il foit très-perfuadé ,

„ re. Quoi qu'il arrive il faudra que ces
„ gens-là réforment leurs mœurs parmi
„ nous, ou qu'ils corrompent les nôtres.
„ Quand cette alternative aura ceffé de nous
„ effrayer, les Comédiens pourront ve-
„ nir, ils n'auront plus de mal à nous
„ faire. „

La Comédie n'eft donc plus dangereu-
fe ; ce n'eft plus maintenant le fpectacle
qu'il appréhende, mais ceux qui le compofent. Le pauvre bon homme me di-
vertit de le voir vaciller fans ceffe. Les
difcours d'un homme en démence font
plus raifonnables que les fiens ; il avait
affurément la fiévre chaude : je ne puis
le penfer autrement. Car enfin, il faut
qu'une porte foit ouverte, ou fermée.
Ne dirait-on pas que la nation entière
la prie de prendre fa défence de l'air
dont il parle, comme s'il s'agiffait de fa

---

qu'il m'eft plus facile de prouver que le mot
Hiftrion n'eft pas fynonyme avec Comédien,
qu'il lui feroit facile de prouver que la plus
grande partie des nouvelles opinions ne font
point fecte. Preuve en main.

ruine totale ? Mais une troupe formée
d'honnêtes gens, chofe moins difficile à
faire que Jean-Jacques Rouffeau fe l'imagine (en ayant omis une grande partie
qui pourrait la compofer) l'alternative
par ce moyen fe trouvera éclipfée : Genève pourra pour lors adopter un fpectacle, & le pratiquer fans crainte qu'il aliéne
les mœurs des habitans.

Ce qui m'enflamme de colère, c'eft
qu'il ait cité Marfeilles, lieu où j'ai reçu le jour, où ma famille exifte encore ;
pour autorifer le refus des fpectacles dans
Genéve. Il a l'infolence d'abufer du nom
de M. d'Alembert, & le cite comme te-
nant de lui le refus que firent mes com-
patriotes de recevoir davantage la Comédie dans leur Ville, piqués de ce qu'on
voulait les forcer (pour faire le bien du
Directeur) d'augmenter le Parterre ac-
coutumé d'être à dix fols. [a]

[a] On voulut hauffer, comme j'ai déja dit,
le billet de Parterre ; les Magiftrats s'y oppo-
férent, plutôt que de plier. Il eft vrai qu'ils
refufèrent d'avoir d'avantage des Spectacles,
mais ce fut par entêtement & non par le motif

Je fuis redevable à cette impofture de
favoir le célébre Auteur de l'Encyclopédie mon pays. Malgré l'eftime que j'ai
toujours porté aux grands Hommes, je
la fens s'augmenter depuis ce moment, le
fachant comme moi citoyen de cette
Ville illuftre. Pourrait-on en être étonné ? Tout Provençal eft iffu du même
fang, & nous fommes tous freres. Oui,
cher d'Alembert, cette offenfe me touche : l'infulte eft faite à la Nation entière, heureux fi je pouvais laver de tout
mon fang cette flétriffure deshonorante.

que la Comédie était nuifible aux bonnes
mœurs. Le Gouverneur outré de ce refus,
leur promit qu'il n'y aurait plus de Spectacles;
mais au bout de quelque têms ils ne purent
s'en paffer, & le demandèrent avec tant d'inf-
tance qu'on fut obligé de céder. Lorfque la
pefte vint défoler nos foyers, il n'y avait que
le Concert, qui fut payé comme à l'ordinaire,
quoi qu'il ne fit rien; jugez fi nous les refufons.
Marfeilles foutient fans le Concert, Opéra,
& Comédie. Gherardy père, & Molin,
tous deux Directeurs d'une Troupe féparé-
ment, faifaient des fommes. Les Spectacles
y font aimés, & les Acteurs eftimés lors
qu'ils le méritent, & cela bon ou mauvais.

A-t-il cru nous féduire en nous flattant ?
croit-il nous engager par-là à fuivre fes
traces ? Fanatique méprifable ! .... Genève .... Genève .... O Ciel ! .... Peut-
il avoir eu l'audace de placer cette Ville
(refuge des Novateurs) à côté de nos
murs antiques , boulevards des tyrans ,
impénétrables aux Sectaires. Nous n'avons
point à nous reprocher la mort d'un Serranus. [*a*] Le poifon eft la reffource des
traîtres. La baffeffe n'eft point notre partage : chérir les Arts, eft la vertu qui nous
diftingue ; en un mot , c'eft elle qui nous
donne partout le pas. Qu'il fe préfente
des Céfars fous nos murs , des Comanus ,

___

[*a*] Jean de Serrès Serranus , fameux Calvinifte
du XVI. Siécle, l'un des plus laborieux écri-
vains ; ce fut lui qu'Henri IV. confulta pour
favoir fi l'on pouvait fe fauver dans l'Eglife
Romaine : il repondit qu'on le pouvait ; mais
cela ne l'empêcha pas d'écrire enfuite avec
emportement contre les Catholiques. Il en-
treprit quelque têms après de concilier les
deux communions dans un traité qu'il intitula,
de Fide Catholica , *&c* mais ce traité indigna
tellement les Calviniftes de Génève , qu'ils
le firent empoifonner.

(*a*) nous prouverons que ces Arts ne nous ont point énervés : nous les aimons. L'Univers est rempli des faits de nos ayeux illustres ; ils nous servent de modèle, &

[*a*] Je ne puis m'empêcher d'epitomer une partie des traits mémorables de cette Ville, pour donner une idée de sa grandeur dans tous les têms, & des hommes illustres qu'elle a vu naître ; ce sera rappeller à ceux qui en savent l'histoire, des traits qui peut-être sont échappés à leur mémoire, & ceux qui les ignorent m'en sauront peut-être bon gré.

La prise de Marseilles coûta cher à Trébonius, Lieutenant du vainqueur de Pompée. César lui-même fait l'éloge de la défense de cette Ville ; l'intrépidité des habitans fut plus d'une fois utile à cette République superbe. Leur bravoure fut le succès de la guerre d'Annibal. Combien de Héros cimentèrent de leur sang cette puissance détruite. Brutus n'eut point assassiné César si la flotte du lâche Nacidius eut secondé les immortels efforts des valeureux Marseillois. Ce Peuple belliqueux se rendit célèbre par les victoires qu'il remporta sur les Carthaginois & les Gaulois, République florissante par sa valeur & son antiquité. Son Académie lui acquit une si grande réputation qu'il y venait des Etudians de toutes les parties du monde ; aussi Pline l'appelle-t-il *Anthenopolis*, Ville de Minerve. Elle a été le Séminaire des plus excellens esprits & de plusieurs savans hommes, tant avant qu'après J. C. On tient que les Phocéens, Peuples de l'Ionie, jettèrent les fondemens

nous en fervirons à nos neveux ; notre
courage ne s'aliénera jamais. **Les Arts**

---

de Marfeilles, vers l'an du monde 3400, &
la nommèrent Marfeilles, en latin *Maffilia*,
de deux mots grecs qu'ils répétèrent en abor-
dant, pour marquer la joie qu'ils préffentaient
de fe voir fur les terres des Saliens. [Jouvin
de Rochefort, Voyage de France, d'Obdam,
Voyage de la Terre Sainte, chap. 65. au
diff. Geog. anc. & mod. t. 2.] Pline prétend
que ce font des Grecs venus de la Phocide ;
mais Méan - Marcellin foutient que c'était
des habitans de Phocée, petite Ville d'Ionie
dans l'Afie mineure, laquelle ils furent con-
traints d'abandonner pour fe garantir des cru-
autés de Cyrus Roi de Perfe. Son fentiment
eft appuyé fur l'autorité d'Hérodote. Juftin
dit que ces Phocéens, après avoir couru
plufieurs fois la Méditerranée, où ils fe dif-
tinguèrent par des actions d'éclat qui leur firent
acquérir l'alliance des Romains, & vinrent
enfin aborder à cette côte, dans le deffein
d'y bâtir une Ville. Comme il n'y avait pas
d'apparence del'éxécuter fans le confentement
de Nannus, Roi des Ségobrigiens, ils lui dé-
putèrent leurs chefs Simos & Protis, pour
le prier de leur en accorder la permiffion.
Nannus était occupé ce jour-là aux préparatifs
des noces de fa fille Cyptis, qui felon l'ancienne coûtume, devait elle-même fe choifir
un Epoux, ce qui fe faifait en préfentant de
l'eau pour laver à celui dont la Princeffe faifait
choix. Son Père avait affemblé tous les Seigneurs de fon Etat, dont plufieurs fe flattaient
d'être choifis, mais Cyptis alla offrir l'heu-

n'amoliffent

n'amoliſſent que les lâches, l'intrépide s'en
nourrit.

---

reuſe ablution à Protis, qui ſe trouva dans
cette aſſemblée. Nannus approuva le choix
de ſa fille, & les Phocéens n'eurent pas de
peine à obtenir la permiſſion qu'ils deman-
daient. Tant que ce Roi vécut, ils jouirent
ſous ſa protection d'un entier repos, & tra-
vaillèrent avec tant de ſuccès à l'établiſſement
de leur Ville, que lorſqu'il mourut, ils ſe
virent en état de cauſer de la jalouſie à leurs
voiſins, ce qui leur attira pluſieurs guerres
qu'ils terminèrent heureuſement. Les Génois
jaloux de leurs ſuccès naiſſans, trop foibles
par eux-mêmes, & trop lâches pour un Peuple
ſi rédoutable, engagèrent Comanus Beau-
Frère de Protis, ce chef heureux. Ils réſolurent
la perte des Marſeillois; & pour y réuſſir,
Comanus enfanta le ſtratagême ſuivant, qui
l'aurait rendu maître de la Ville, ſi le ſecret
n'eut été découvert. Il choiſit pour cela le
jour qu'on y célebrait la fête de Flore. Pluſieurs de ſes gens qu'il y avait envoyé, &
qui avaient été reçus dans la Ville, comme
venant aſſiſter à cette fête, devaient la nuit ſe
ſaiſir des Portes de la Ville, pour en aſſurer
l'entrée aux Troupes de Comanus qu'il avait
fait avancer ſecrettement derrière une Mon-
tagne; mais une Dame, parente du Roi, crai-
gnant de voir périr un jeune Grec qu'elle
aimait éperduement, lui découvrit l'entrepriſe;
auſſi-tôt les Magiſtrats avertis par ce jeune
Grec, firent faire main - baſſe ſur tous les
étrangers qui furent trouvés en armes; après

P

Voici une note indiquée dans fes cor-
rections, qu'il faut que je te cite ; elle eft

---

quoi les Habitans marchèrent contre Comanus , qui demeura fur la place avec fept mille
hommes de fes Troupes. Les Marfeillois
augmentant toujours en puiffance, & comme
les Fondateurs de leur Ville avaient fait
alliance avec les Romains , ils firent tant de
cas de fes alliés , qu'ayant appris par les
Ambaffadeurs qu'ils avaient envoyés porter
leurs offrandes au Temple d'Apollon de
Delphes , que Rome avait été prife & fac-
cagée par les Gaulois , ils ordonnèrent un
deuil public, & pouffèrent plus loin les mar-
ques d'intérêt qu'ils prenaient à leurs affaires.
Ils furent que les Romains avaient acheté la
paix à un prix fi haut, qu'il leur était impoffible de fournir à leurs vainqueurs la fomme
dont ils étaient convenus ; & pour donner du
fecours dans leurs befoins , ils vendirent jufqu'aux bagues & autres bijoux de leurs Femmes. En reconnoiffance d'un fi grand fervice,
les Romains les exemptèrent à jamais de toutes
fortes de tributs & d'hommages ; & pour
marque d'une alliance plus étroitement renou-
vellée, ils donnèrent place aux Bourgeois de
Marfeilles dans les bancs des Sénateurs de la
République , lorfqu'on célébrait des jeux ,
ou qu'il y avait quelque grand Spectacle. Cet
honneur ne fut accordé depuis qu'aux plus
grands Princes , & même avec peine. Du-
mont, Voyage de Provence & de Languedoc
parmi les grands hommes on compte Simos
& Protis fondateurs & chefs. Critias ou Cri-
nias , célèbre Médecin , qui parut quelque

tirée d'un ouvrage intitulé : Inſtruction
Chrétienne, t. 2, l. 3, chap. 16, im‑
primée chez Rey à Amſterdam. " Il peut
„ y avoir des Spectacles blâmables en eux‑
„ mêmes comme ceux qui ſont inhumains,

———————————————

tems après Hypocrate, Liberta Capitaine in‑
trépide qui aſſura la liberté de la Ville, en
poignardant entre la Porte Royale & la Se‑
conde, le lâche Caſſant, Conſul de Marſeilles,
qui devait la livrer au Roi d'Eſpagne en l'an
1596, &c. François Raymond, Dupuich 1er.
Grand Maître de Malthe, François Foulques
de Villaret, Conquérant de Rodes, Crillon,
Chevalier du même Ordre, Guerrier intré‑
pide. Jean de la Vallette, renommé par la belle
défenſe qu'il fit à Malthe, aidé de peu de
Chevaliers. Les Turcs, au nombre de 80000,
furent obligés de lever le ſiège au bout de quatre
mois, après avoir perdu 20000 Combattans.
Claude Forbin, Chef d'Eſcadre. Capitaine
intrépide & homme de lettre. Le Puget célèbre
Peintre, Sculpteur, Architecte. D'Audrifet,
célèbre Géographe. Pierre d'Hozier, célèbre
Généalogiſte, il avait une mémoire ſi prodi‑
gieuſe, que d'Ablancourt dit de lui, qu'il
fallait qu'il eut aſſiſté à tous les Baptêmes &
Mariages de l'univers, &c. Maſcaron, le
Chevalier d'Hérieux, Rigord, Feuillet, Mi‑
nime, P. Plumier Pythéas fameux Aſtronome.
Je n'ai plus qu'un mot à dire touchant cet art.
Malgré tant de pertes, ſuite ordinaire d'un
ſiège opiniâtre, qui dura des années, Céſar
n'eut jamais été maître de nos foyers ſans la
peſte & la famine qui deſolaient les Habitans

,, ou indécens & licentieux ; tels étaient
,, quelques-uns des Spectacles parmi les
,, Payens. Mais il en est aussi d'indifférens
,, en eux-mêmes, qui ne deviennent mau-
,, vais que par l'abus qu'on en fait. Par
,, exemple, les Pièces de théâtre n'ont
,, rien de mauvais qu'autant qu'on y trouve
,, une peinture des caractères & des actions
,, des hommes, où l'on pourrait même don-
,, ner des leçons agréables & utiles pour
,, toutes les conditions ; mais si l'on y dé-
,, bite une morale relâchée, si les person-
,, nes qui exercent cette profession mènent
,, une vie licentieuse, & servent à corrom-
,, pre les autres : si de tels Spectacles en-
,, tretiennent la vanité, la fainéantise, le
,, luxe, l'impudicité, il est visible alors
,, que la chose se tourne en abus, & qu'à
,, moins qu'on ne trouve le moyen de cor-
,, riger ces abus ou de s'en garantir, il vaut
,, mieux renoncer à cette sorte d'amuse-
,, ment." Je suis sans contredit de cet avis:
des Spectacles licentieux ne sont pas faits
pour d'honnêtes gens ; mais il en est donc

qu'ils peuvent voir, puiſque les pièces de
théâtre n'ont rien de mauvais, & qu'elles
peuvent donner des leçons utiles & agréables : la deviſe de Santeuil le prouve (caſ.
tigat ridendo mores) ſi elles corrigent les
mœurs, elles ſont néceſſaires. Mais on me
dira, combien eſt-il de gens qui en profitent, & qui n'y vont que pour troubler les
Spectacles, ou pour s'y faire voir ? mais je
répondrai, combien eſt-il de perſonnes qui
ne vont au Service divin que pour rire, ja-
ſer, critiquer Mr. tel, lorgner Mde. telle,
nouer une partie de promenade, s'aſſurer
d'une partie de plaiſir, gliſſer un poulet à
jeune Griſette, dont la Mère eſt un Argus,
promettre à la Préſidente de ſe rendre chez
elle ſur les minuits ? que ſais-je ? ne ſerait-
il pas décent, abſtraction de cagotiſme,
qu'elles ſe tinſſent dans les lieux ſaints, de
la façon qu'exige l'idée du Temple de l'Immortel ? . . . . . Faut-il fermer les Egliſes,
parce que des Fats s'y comportent indé-
cemment ? Ainſi, juſqu'à ce qu'on ait répri-
mé cette licence, l'accès en doit être in-

terdit. Mais difait le fage Lycurgue:,, faut-
,, il arracher toutes les vignes , parce qu'il
,, fe trouve des Hommes qui boivent trop
,, de vin'' ? Faut-il , parce qu'il eft des Comédiens de mauvaife vie , & des gens qui
ne profitent pas du Théâtre , l'anéantir ?
Faut-il, parce qu'il eft des Prêtres débauchés , & des perfonnes qui font de l'Eglife
le théâtre de leur indécence, abolir la Religion ? Ah l'admirable décifion ! Le Comédien ne peut faire un pas qu'il ne foit fu de
toute une Ville. 'Quelle différence d'un
Pafteur à un Comédien, direz-vous ! Je
n'en vois pas, répondrai-je. Sur un Comédien vicieux , il eft cent Prêtres dont les
anecdotes font frémir , fans en excepter vos
Sociniens; & fur une de fue , il en eft mille
d'ignorées du vulgaire. N'eft-il pas Homme
comme l'Acteur ? il n'eft pas expofé aux
occafions comme lui. Mais quel eft le plus
criminel, à votre avis , de celui qui fe laiffe
aller à une occafion non préméditée , ou de
celui qui met tout en œuvre pour la faire
naître ? Je n'ai pas befoin d'en dire d'avantage : on m'entend. Une heure de travail

fuffirait pour en donner cent exemples.

„ L'inftitution de la Comédie en France
„ eut pour caufe un délaffement d'efprit
„ un plaifir d'honnête Homme. Le Cardi-
„ nal de Richelieu, Miniftre d'un génie
„ trafcendant, l'aimait comme on le fait,
„ paffionnément. Ce fut lui qui introduifit
„ les Mufes fur la fcène, & qui prêta la
„ parole à ces beautés qu'on voit briller
„ dans les Pièces des habiles de fon temps.
„ mais alors ces Mufes étaient chaftes, re-
„ tenues & pleines de pudeur. Si la Comé-
„ die, contre les intentions de fes Protec-
„ teurs, a dégénéré, c'eft parce que le
„ fort des meilleures chofes eft de fe cor-
„ rompre malgré la précaution qu'on pren^d
„ de les conferver dans leur intégrité ". (a)

Je ne parlerai pas de l'inftitution que
notre Génevois veut faire dans fon illuftre
République. De Cenfeur de fa Patrie, il

---

[a] Caractère de Théophrafte & penfées de
Mr. Pafcal, p. 217, t. 3. La Comédie pour
& contre, inférée à la fuite de ces Caractères;
l'Auteur eft celui du Dictionnaire des Arrêts.

veut en devenir le Baladin. Il condamne toute novation dans le Gouvernement; mais veut bien permettre de tous les plaifirs le bal, qui eft le plus dangéreux. Je n'ai pas befoin de le prouver, quelque décence même qu'on y puiffe obferver.

P. 252 ,, on dira (cet Homme eft mé-
,, content des Comédiens) j'ai tout fujet
,, de m'en louer, & l'amitié du feul d'entre
,, eux que j'ai connu particulièrement, ne
,, peut qu'honorer un honnête Homme. "
S'il n'avait pas fujet de s'en plaindre, quel motif le portait à les diffâmer? eft-ce le plaifir de dire du mal, qui l'a déterminé à écrire contre les Spectacies. ,, Le feul qu'il
,, a connu ne peut qu'honorer un honnête
,, Homme. " C'eft donc à préfent l'état qui eft méprifable, & non celui qui l'exerce; car il n'eft pas poffible que, convaincu comme il l'eft de l'infâmie de cet Art, il eut focié avec un Hiftrion : il en eut trouvé d'autres s'il eut voulu s'en donner la peine. Je fais qu'il en eft qui ne font pas voyables, mais il eft bien fûr qu'on en peut trouver
plus

plus de trois tant en Femmes qu'en Hommes qui fûrement penfent bien.

A l'égard du Spectacle (*a*) dont il fut
frappé dans fa jeuneſſe , n'imaginez - vous

[*a*] „ Je me ſouviens , dit-il , d'avoir été frappé
„ dans mon enfance d'un ſpectacle aſſez ſim-
„ ple, & dont pourtant l'impreſſion m'eſt tou-
„ jours reſtée , malgré le temps & la diver-
„ ſité des objets. Le Régiment de S. Gervais
„ avait fait l'exercice , & , ſelon la coûtume
„ l'on avait ſoupé par compagnie : la plûpart
„ de ceux qui les compoſaient ſe raſſemblè-
„ rent après le ſouper dans la place de S. Ger-
„ vais , & ſe mirent à danſer tous enſemble,
„ Officiers & Soldats, autour de la fontaine,
„ ſur le baſſin de laquelle étaient montés les
„ Tambours , les Fifres & ceux qui por-
„ taient les flambeaux. Une danſe de gens
„ égayés par un long repas ſemblerait n'offrir
„ rien de fort intéreſſant à voir , cependant
„ l'accord de cinq ou ſix cens hommes en uni-
„ forme , ſe tenans tous par la main , &
„ formans une longue bande qui ſerpentait
„ en cadence & ſans confuſion , avec mille
„ tours & retours ; mille eſpèces d'évolutions
„ figurées , le choix des airs qui les ani-
„ maient , le bruit des Tambours , l'éclat des
„ flambeaux , un certain appareil militaire
„ au ſein du plaiſir : tout cela formait une ſen-
„ ſation très-vive qu'on ne ſavait ſupporter de
„ ſang froid. Il était tard , les femmes étaient
„ couchées ; toutes ſe relevèrent. Bientôt les
„ fenêtres furent pleines de ſpectatrices qui
„ donnèrent un nouveau zèle aux Acteurs ;

Q

pas à ce récit qu'il a tâché de colorer du
mieux qu'il a pu , n'imaginez-vous pas voir

„ elles ne purent tenir long temps à leurs
„ fenêtres, elles defcendirent ; les maîtreſſes
„ venaient voir leurs maris , les fervantes
„ apportaient du vin , les enfans même
„ éveillés par le brüit, accoururent demi vê-
„ tus entre les pères & mères. La danfe fut
„ fufpendue ; ce ne furent qu'embraſſemens,
„ ris , fauts , carreſſes. Il réfulta de tout cela
„ un attendriſſement général que je ne faurais
„ peindre ; mais que dans l'allégreſſe uni-
„ verſelle on éprouve aſſez naturellement au
„ milieu de tout ce qui nous eſt cher. Mon
„ Père, en m'embraſſant, fut faiſi d'un tref-
„ faillement que je crois ſentir & partager
„ encore. Jean-Jacques , me difait-il , aime
„ ton pays. Vois-tu ces bons Génevois ? ils
„ font tous amis , ils font tous frères ; la joie
„ & la concorde règnent au milieu d'eux. Tu
„ es Génevois, tu verras un jour d'autres
„ Peuples, mais quand tu voyagerais autant
„ que ton Père, tu ne trouveras jamais leur
„ pareil.
„ On voulut recommencer la Danfe , il n'y
„ eut plus moyen ; on ne favait plus ce qu'on
„ faifait , toutes les têtes étaient tournées
„ d'une yvreſſe plus douce que celle du vin.
„ Après avoir reſté quelque temps encore à
„ rire & à caufer fur la place , il fallut fe fépa-
„ rer , chacun fe retira paiſiblement avec fa
„ famille, & voilà comme ces aimables fem-
„ mes ramenèrent leurs maris , non pas en
„ troublant leurs plaifirs , mais en allant les
„ partager.

ees Orgies en l'honneur du Dieu de la Treille, & n'eſt-ce pas citer pour édifier la débauche la plus infâme ? Le joli Spectacle des Femmes à moitié nues dans les bras de leurs Maris, des Enfans dans le même état, des Hommes anéantis d'yvreſſe, le vin verſé par des Servantes pour abreuver des Hommes qui avaient plutôt beſoin de dormir que de boire. Ajoutez à cela des deſirs luxurieux que le vin précurſeur de la licence, excite, & que la raiſon troublée ne peut réprimer : quel tableau pour des Enfans !

Quelque raiſon qu'il allègue pour rendre ce Spectacle innocent, il ne pourra me convaincre ; l'Homme de ſang-froid n'eſt ſouvent pas le maître de ſes paſſions, re-gorgeant de vin, peut-il eſpérer d'en triom-

---

„ Je ſens bien que ce ſpectacle dont je fus
„ ſi touché, ſerait ſans attrait pour mille au-
„ tres ; il faut des yeux faits pour voir & un
„ cœur pour le ſentir. Non, il n'y a de
„ pure joie que la joie publique, & les vrais
„ ſentimens de la nature ne règnent que ſur
„ le peuple. Ah dignité ! fille de l'orgeuil &
„ mère de l'ennui, jamais tes triſtes eſclaves
„ eurent-ils un pareil moment en leur vie!

pher ? Non , attentif aux fages remontrances , aux embraffemens de M. fon docte père , excité d'une foule de hoquets bachiques,
(qu'il traveftit en treffaillement) peut - il
répondre des actions des autres ? tandis
qu'il était attentif à ce difcours : Dieu fait
ce qui fe paffait loin de lui. Que de mains
téméraires furent mollement repouffées !
que de Veftales éperdues fuccombèrent
fous les efforts amoureux de leur ardent
Déflorateur ! Plus d'un mur étaya ces Mé-
nades Génevoifes , bachiquement careffées
par leurs maris ou leurs amans. Dieu fait
combien le fils immortel de Sémèle , & l'a-
veugle amant de Pfiché , rirent à l'afpect de
la gauche allure des Sacrificateurs chance-
lans. Cela était intéreffant à voir , à ce
qu'il dit ; cela devait faire pitié , felon moi.
Il eft vrai que je n'ai pas fes yeux , mais
chacun a fon goût. Au furplus , je conviens
que toute fête où Silène préfide , fera du
goût de la Nation.

Voici un divertiffement public qu'il
voudrait que fes Concitoyens adoptaffent

Il eſt rapporté par Plutarque „ p. 263 „ il
„ y avait (dit-il) toujours trois danſes en
„ autant de bandes „ ſelon la différence des
„ âges „ & ces danſes ſe faiſaient au chant
„ de chaque bande. Celle des Veillards
„ commençait la première „ en chantant le
„ couplet ſuivant.

„ Nous avons été jadis
„ Jeunes , vaillans & hardis.

„ ſuivait celle des Hommes qui chantaient
„ à leur tour en frappant de leurs armes en
„ cadence.

„ Nous le ſommes maintenant,
„ A l'épreuve à tout venant.

„ enſuite venaient les enfans qui leur répon-
„ daient en chantant de toute leur force.

„ Et nous bientôt le ferons,
„ Qui tous vous ſurpaſſerons.

„ Voilà „ Monſieur , les Spectacles qu'il
„ faut à des Républicains ".

Ne trouve-tu pas la première bande admirable ? de vénérables Vieillards à la bar-
be blanche , au front chauve & ridé „ qui
gambadent comme une troupe de Calotins.
Ah ! le raviſſant ſpectacle de voir un balet
figuré par des ſiècles. Il ne leur manque

plus qu'une marotte en mains; cet attribut
falot leur conviendrait à merveille. (a)

[a] Amateur comme tu l'es de la bonne harmo-
nie, tu me reprocheras de ne t'avoir pas copié
la Musique, mais J. J. R. n'a pas jugé à propos de nous la procurer, ou peut-être Plutarque ne l'a pas notée, mais tu présupofes
aifément qu'un Pont neuf eft le chant de con-
venance qu'exigent ces paroles élégantes;
elles font modeftes à cet égard. Garde-toi
donc de me taxer de négligence, mais j'imagine un moyen qu'il te faut mettre en ufage.
Un inftant de peine peut te procurer une heure
de plaifir. Rappelle-toi cet air du Devin de
Village qui t'a tant ennuyé ainfi que le refte
de l'ouvrage; c'eft à Frèron que je fuis redevable de l'avis que je te donne : puifque
c'eft lui qui a découvert que les airs du Devin
étaient des Cantiques pillés aux habitans de
Genève, auxquels il a changé quelques
notes pour leur donner un air de nouveauté :
puife ainfi que lui dans ce magazin évangéli-
que, feul moyen de te fatisfaire.

Mets vite à profit ma penfée,
Une note, Ami, tranfpofée,
Va faire d'un chant hyméal,
D'un nouveau genre mufical,
Une Ariette italiennée,
Qu'avant la fin de la journée
Soit fait ce Rondeau cantical.
De Rouffeau voilà le local.
Que la raifon falfifiée,
Au coloris facrifiée
Soit fur le ton Evangical
Saifis bien mon littéral

Mais il eſt temps, mon cher de F******** de finir une diſſertation qui, quoique briè-vement traitée, te priverait de momens plus précieux.

Conſerve - moi toujours ton amitié; celle d'un Homme tel que toi, illuſtre tout Mortel qui la mérite; heureux ſi tu m'en trouve digne, tu ſais que c'eſt-là mon am-bition. C'eſt dans ton ſein que mon ame a puiſé toute ſa grandeur. M'en priver, ſerait énerver les nobles ſentimens qui l'animent; tes lumières l'ont élevée, ton refroidiſſe-ment l'anéantirait; ces nobles ſentimens, dis-je, qui font toute ma gloire (en dépit de la mépriſable fortune, ſeul bien dont elle ne peut me priver) ſe font accrus par

Une maxime figurée,
A Terpſicore conſacrée
Va t'obtenir le pied-d'eſtal,
De même qu'à notre féal,
Dans ce beau temple de fumée
Si vanté de la renommée,
Préférable au Siége Papal
Et des grands hommes l'arſenal,
Qu'ainſi ſoit fait longues années
Comme à Salem te ſoit données
En dépit du Juge infernal
Et de ſon triſte tribunal,

ton eftime. Ton exemple leur a , pour ainfi
dire , donné l'être. Oui , la nature les avait
groffièrement placés dans mon fein. . . . . .
cher ami , quel triomphe pour toi ! il ap-
proche du miracle. Rougirais - tu de cet
aveu fincère , puifque c'eft à ta fageffe profonde que je dois tout le brillant de leur
éclat ?

Je fuis ton Ami ,

J. J. L. B.

A Anvers , ce 29 Novembre 1759.